U0451462

杨武能译
德语文学经典

莱辛寓言

〔德〕莱辛 著
杨武能 译

图书在版编目（CIP）数据

莱辛寓言 /（德）戈特霍尔德·埃夫莱姆·莱辛著；杨武能译 . —北京：商务印书馆，2022
（杨武能译德语文学经典）
ISBN 978-7-100-21331-8

Ⅰ.①莱…　Ⅱ.①戈…②杨…　Ⅲ.①寓言—作品集—德国—近代　Ⅳ.① I516.74

中国版本图书馆 CIP 数据核字（2022）第 112378 号

权利保留，侵权必究。

杨武能译德语文学经典
莱辛寓言
〔德〕莱　辛　著
杨武能　译

商 务 印 书 馆 出 版
（北京王府井大街36号　邮政编码100710）
商 务 印 书 馆 发 行
北京艺辉伊航图文有限公司印刷
ISBN 978 - 7 - 100 - 21331 - 8

2022年8月第1版　　开本 880×1230　1/32
2022年8月北京第1次印刷　印张 6¾
定价：40.00元

序一

《杨武能译德语文学经典》序

王 蒙

熟知杨武能的同行专家称誉他为学者、作家、翻译家"三位一体",眼前这二十多卷《杨武能译德语文学经典》收德语文学经典翻译,足以成为这一评价实实在在的证明。身为大学教授和博士生导师的杨武能,尽管他本人早就主张翻译家同时应该是学者和作家,并且身体力行,长期以来确实是研究、创作和翻译相得益彰,却仍然首先自视为一名文学翻译工作者,感到自豪的也主要是他的译作数十年来一直受到读者的喜爱和出版界的重视。搞文学工作的人一生能出版皇皇二十多卷的著作已属不多,翻译家能出二十多卷的个人文集在中国更是破天荒的事。首先就因为这件事意义非凡,我几经考虑权衡,同意替这套翻译家的文集作序。

至于杨教授为数众多的译著何以长久而广泛地受到喜爱和重视,专家和读者多有评说,无须我再发议论了。我只想讲自己也曾经做过些翻译,深知译事之难之苦,因此对翻译家始终心怀同情和敬意。

还得说说我与杨教授个人之间的交往或者讲情缘,它是我写这篇序的又一个原因,实际上还是更直接和具体的原因。

前排左一为中国作家协会副主席冯牧，左五为中宣部副部长周扬，左七为对外文委主任林林；二排左三为王蒙，左五为德国大诗人恩岑斯贝格；三排左二为杨武能

陪德国作家游览十三陵

1980年,我奉中国作家协会指派,全程陪同一个德国作家访问团,其时还在中国社会科学院跟冯至先生念研究生的杨武能正好被借调来当翻译。可能这是访问我国的第一个联邦德国作家代表团吧,所以受到了格外的重视。周扬、夏衍、巴金、曹禺等先后出面接待,我和当时的小杨则陪着一帮德国作家访问、交流、观光,从北京到上海,从上海到杭州;到了杭州,记得是住在毛主席下榻过的花家山宾馆里。

一路上,中德两国作家的交流内容广泛、深入,小杨翻译则不只称职,而且可以说出色,给德国作家和我们留下了深刻印象。我和他当时都还年轻,十多天下来接触和交谈不少,彼此便有所了解。后来尽管难得见面,却通过几次信,偶尔还互赠著作,也就是仍然彼此关注,始终未断联系。比如我就注意到他一度担任四川外语学院的副院长,在任期间发起和主持了我国外语

2018年,中国现代文学馆马识途百岁书法展,老哥儿俩最近的一次喜相逢

界的第一次大型国际学术研讨会；知道他因为对中德文化交流贡献卓著，获得过德国国家功勋奖章和歌德金质奖章等奖励；知道他前些年在广西师范大学出版社出版《杨武能译文集》，成为我国健在的翻译家出版十卷以上大型个人译文集的第一人，如此等等。不妨讲，我有幸见证了杨武能从一名研究生和小字辈成长为著名译家、学者、教授和博导的漫长过程。

杨教授说，像我这么对他知根知底且尚能提笔为文的"前辈"，可惜已经不多，所以一定要把为文集写序的重任托付给我。我呢，勉为其难，却不能负其所托，为了那数十年前我们还算年轻的时候结下的珍贵情谊！

序二

文学经典翻译与翻译文学经典

许 钧*

近读乔治·斯坦纳的《巴别塔之后——语言与翻译面面观》，书中有这么一段话："为了接近古人，得到精确的回响，每一代人都会出于这种强烈的冲动重译经典，所以每一代人都会用语言构筑起与自己相谐的过去。"①重译经典，在我看来，绝不仅仅是为了接近古人、构筑过去，而更是赋予古人以新的生命。文学经典的重译，就其根本意义而言，是文学经典重构与生成的过程。我一直认为，一部好的文学作品，一定呼唤翻译，呼唤着"被赋予生命的解读"。没有阐释与翻译，作品的生命便会枯萎。是翻译，不断拓展作品生命的空间，延续作品生命的时间。以此观照商务印书馆即将推出的《杨武能译德语文学经典》，我想向德语文学经典新生命在中国的创造者、杰出的翻译家杨武能先生致以崇高的敬意。

---

* 浙江大学文科资深教授，中华译学馆馆长。
① 斯坦纳.巴别塔之后——语言与翻译面面观［M］.孟醒，译.杭州：浙江大学出版社，2020：34.

一个杰出的翻译家，需要具有发现经典的眼光。我和杨武能先生相识已经快35个年头了。1987年，我在南京大学读研究生，主攻文学翻译与研究，那时杨武能先生因为重译了郭沫若先生翻译过的《少年维特之烦恼》，在国内文学翻译界声名鹊起，影响很大。时年5月，南京大学召开中国首届研究生翻译研讨会，南京大学研究生翻译学会让我与杨武能先生联系，我便向他发出了诚挚的邀请，恭请他出席研讨会做主旨报告，指导后学。那次报告的具体内容我已经记不清了，但我永远忘不了在会议期间的交谈中他叮嘱我的一句话："做文学翻译，要选择经典作家。"选择，意味着目光与立场。梁启超曾在《变法通议》中专辟一章，详论翻译，把译书提高到"强国第一义"的地位。而就译书本

1985年，南京大学召开中国首届研究生翻译研讨会，我和杨先生及会议主办者合影于南京大学大门前。中间者为杨先生

身，他明确指出："故今日而言译书，当首立三义：一曰，择当译之本；二曰，定公译之例；三曰，养能译之才。"梁启超所言"择当译之本"，便是"译什么书"的问题。他把"择当译之本"列为译书三义之首义，可以说是抓住了译事之根本。回望杨武能先生60余个春秋的文学翻译历程，我们发现，从一开始他就把"择当译之本"当成其翻译人生的起点与基点。选择经典，首先要对何为经典有深刻的理解。文学经典，是靠阅读、阐释与翻译不断生成的。一个好的翻译家，不仅要对经典有自己独到的理解与领悟，更要在准确把握原文意义的基础上，把原文的精神与风貌生动地表现出来，让文学经典成为翻译经典。60余年来，杨武能先生翻译了近千万字的德语文学作品，无论是古典主义的《浮士德》、浪漫主义的《格林童话全集》、现实主义的《茵梦湖》，还是现代主义的《魔山》，每一部都堪称双重的经典：文学的经典与翻译的经典。首创性的翻译，是一种发现；成功的重译，是一种超越。我曾在多个场合说过，翻译，是历史的奇遇。一部好的作品，能遇到像杨先生这样好的译家，那是作家的幸运，也是读者的幸运。

一个杰出的翻译家，需要具有创造的能力。发现经典、选择经典是文学翻译的起点，而要让原作在异域获得新的生命，则需要译者付出创造性的劳动。莫言在诺贝尔奖颁奖典礼上发表感言时说："我还要感谢那些把我的作品翻译成世界很多语言的翻译家们，没有他们创造性的劳动，文学只是各种语言的文学，正是有了他们的劳动，文学才可以成为世界的文学。"创造性，是翻

1985年《译林》创刊5周年招待会上,与杨先生及诗人兼翻译家赵瑞蕻合影,左二为杨先生

译应具有的一种精神,也是历代译家所追求的一种境界。杨武能先生深谙翻译之道,他知道,一部文学佳作要在异域重生,需要翻译家发挥主体性,不仅译经典,更要还它以经典。早在1990年,他就撰写了《文学翻译与翻译文学:兼论翻译即阐释》一文,在文中明确区分了文学翻译与翻译文学的概念,指出:"要成为翻译文学,译本就必须和原著一样,具备文学一样的美质和特性,也即除了传递信息和完成交际任务,还要具备诸如审美功能、教育感化功能等多种功能,在可以实际把握的语言文字背后,还会有丰富的言外之意,弦外之音,以及意境、意象等难以言传、只可意会的玄妙的东西。"[1]基于这样的认识,他对文

---

[1] 杨武能.译翁译话[M].杭州:浙江大学出版社,2020:279.

学翻译应达到的高度有着自觉和积极的追求。他认为,"面对复杂、繁难、意蕴丰富、情志流动变换的原文",译者不能"消极地、机械地转换和传达或者反映",应该主动"深入地发掘、发扬和揭示"。为此,他调遣各种可能,去创造性地重现《少年维特的烦恼》中蕴含的多重情致与格调,传达《魔山》独特的哲理性与思辨性,"再现大师所表达的丰富深刻的思想、精神,感受,再创杰作所散发的巨大强烈的艺术魅力"(见《译翁译话》第82页)。

一个优秀的翻译家,应该具有不懈求真的精神。杨武能先生译文学经典有一个明确的目标,就是要"创造传之久远的、能纳入本民族文学宝库的翻译文学,要创造美的翻译和美玉、美文"(见《译翁译话》第19页)。文学翻译,要具有文学性,具有审美特质,具有美的感染力。作为一个优秀的翻译家,杨武能先生清醒地知道,当下的文学翻译界对于"美"的认识存在着不少误区,甚至有的把翻译之"美"简单地等同于辞藻华丽。他强调说明:"我翻译理念中的'美',指的是尽可能充分、完美地再创原著所拥有的种种文学美质。而非译者随心所欲地想怎么美就怎么美,更不是眼下一些人津津乐道的所谓的'唯美'。"(见《译翁译话》第19页)换言之,追求翻译之美,在于追求翻译之真,需要有求真的精神。再现美,首先要把握原作的美学价值与审美特征,为此必须对原作有深刻的理解。杨武能先生在文学翻译中始终秉承科学求真的精神,对拟译的文本、作家有深入的研究、不懈的探索,坚持在把握原文的精神、风格与特质的基础上再现原作之美，以达到形神兼备。翻译与研究互动，求真与求美融通，构成了杨武能先生文学翻译的一大特色，也因此铸就了杨武能先生翻译的伦理品格。

发现经典、阐释经典、再创经典，这便是杨武能先生的文学翻译之道。杨武能先生的译文，数量之巨、涉及流派之多、品质之高、影响之广，难有与之比肩者。开风气之先，以翻译不断拓展思想疆域的商务印书馆陆续推出《杨武能译德语文学经典》，这在中国的文学翻译出版史上是件大事，可喜可贺。在《杨武能译德语文学经典》即将与读者见面之际，杨先生嘱我写序，我欣然从命。一是因为我们有特殊的校友之情，在南京大学建校110周年之际，我曾写过一篇文章，题目叫《一直引着我前行——我心中的杰出校友杨武能先生》，对这位前辈校友，我心存感激：

2018年，中国翻译史上的大事件：中华译学馆成立！照片中前排左一为唐闻生，左三为杨先生，左二为本人

在我的翻译与翻译研究之路上,在我前行的每一个重要的路段,在我收获的每一个重要的时刻,都有他留下的指引的闪光。南京大学有幸有杨武能先生这样杰出的校友,他的杰出不仅仅在于他卓越的学术建树、他在国际日耳曼学界广泛的影响,更在于他在与后学的交往中所体现出的一种榜样的力量。二是因为我深知这是一份重托:前辈的文学翻译之路,需要一代代新人继续走下去;前辈的翻译精神,需要后辈继承与发扬。让我们从阅读《杨武能译德语文学经典》开始,追随杨武能先生,以我们用心的细读和深刻的领悟,参与经典的重构,让外国文学经典在中国的新生命之花更加灿烂。

2021年8月1日于南京黄埔花园

自序

天时·地利·人和
成就译翁"一世书不尽的传奇"

我应约写过一篇《我的外语生涯》[①]，回顾自己半个多世纪学外语、教外语、担任外语学院领导，以及使用外语做学术研究和进行国际文化交流的点滴往事和心得，以庆祝中国共产党成立100周年。这回我再写一文介绍我的翻译生涯，作为即将面世的《杨武能译德语文学经典》的自序。

60多年以外语为生存手段，教书和学术研究是我的本职工作，说多重要有多重要；然而，我毕生心心念念的却是文学翻译，梦寐以求的是成为一名文学翻译家兼作家，文学翻译才是我真正的志趣、爱好和事业。眼前这套《杨武能译德语文学经典》，乃我60多年心血的结晶。它犹如一棵树冠如盖的巨树，树上结满了鲜艳夺目、滋味鲜美、营养丰富的果实；它长在一片土壤肥美、风调雨顺的大园子里。这座历史悠久的名园叫：商务印书馆！

[①] 选自：王定华，杨丹.人类命运的回响——中国共产党外语教育100年［M］.北京：外语教学与研究出版社，2021.

开编新闻发布会上,巴蜀译翁杨武能分享从译60多年的经历与感悟

"译协影子会长"、译林出版社老社长李景端,一口气举出译翁创下的15项第一[1]

小子我从译之路漫长、曲折、坎坷,且不乏传奇色彩[2]。浙江

---

[1] 除了李景端,还有中国译协常务副会长黄友义先生和中华译学馆馆长许钧教授做了长篇视频致辞。

[2] 凤凰卫视2021年做了一期总题名为《译者人生》的专访,经"译协影子会长"李景端推荐,老朽被访了差不多一个星期,因为"他的故事多"。

大学出版社2020年出版的《译翁译话》、四川文艺出版社2017年出版的《译海逐梦录》和湖北教育出版社2000年出版的《圆梦初记》，都详述了我做文学翻译的经历和心路历程，这篇序文只摘取几个最奇异的片段，侧重说说我当文学搬运工一个多甲子的心得和感悟。一个多甲子啊，有几人熬得过……①

走投无路的选择

巴蜀译翁杨武能生于抗日战争全面爆发第二年的1938年，11年后新中国诞生时刚小学毕业。尽管当工人的父亲领着我跑遍山城重庆的包括教会学校在内的一所所中学，还是没能为他的儿子争取到升学的机会。失学了，12岁的小崽儿白天在大街上卷纸烟卖，晚上却步行几里路去人民公园的文化馆上夜校，混在一帮胡子拉碴的大叔大伯中学文化，学政治常识，学讲从猿到人道理的进化论。是父亲基因强大，我自幼便倾心于读书上学。

眼看我要跟父亲一样当学徒工

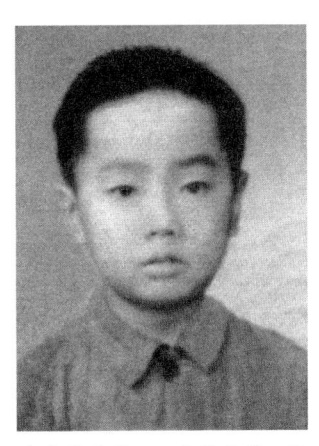

农民的孙子、工人的儿子，儿时的巴蜀译翁杨武能

---

① 一个多甲子从我得到李文俊、张佩芬提携，在《世界文学》发表译作算起，此前的小打小闹就不算啦。

了，突然喜从天降：第二年秋天，在父亲有幸成为其联络员的地下党帮助下，我"考取了"人民教育家陶行知创办的育才学校，进了重庆解放初唯一一所不收学费还管饭的学校！

在育才，我不仅圆了求学梦，还懂得了做人的道理。老师告诉我们要早日成才服务社会，还讲我们的目标就是实现电气化。于是我立志当一名电气工程师，梦想去建设想象中的三峡水电站。

重庆育才学校学生

毕业40年后回母校拜谒陶行知老校长

谁料，初中毕业时，一纸体检报告判定我先天色弱，不能学理工，只能学文，梦想随即破灭。1953年我转到重庆一中念高中，还苦闷彷徨了一年多,其间曾梦想学音乐当二胡演奏家或者歌唱家,结果也惨遭失败。后幸得语文老师王晓岑和俄语老师许文戎启迪、引导,才在走投无路的情况下选学外语,确立了先做翻译家再当作家的圆梦路线。

1956年秋天,一辆接新生的无篷卡车把我拉到北温泉背后的山坡上,进了西南俄文专科学校。凭着在育才、一中打下的坚实的俄语基础,我半年便学完一年的课程跳到了二年级。

高中学生杨武能

重庆一中毕业照(前排右一为王晓岑老师,右二为潘作刚老师,右四为唐珣季老师,右五为甘道铭校长,右六为刘锡琨副校长,右七为张富文老师,右八为陈尊德老师,右九为团委书记方延惠,右十为许安本老师,三排右三为我)

西南俄专，1957年元旦　　　　与同班同学刘扬体等游北温泉公园

因祸得福出夔门

眼看还有一年就要提前毕业，领工资孝敬父母，改善穷困的家庭生活，谁知天有不测风云：牢不可破的中苏友谊破裂了，学俄语的人面临"僧多粥少"的窘境。于是我被迫东出夔门，顺江而下，转到千里之外的南京大学读日耳曼学，也就是德国语言文学，从此跟德语和德国文化结下不解之缘。这一做梦也没想到的挫折，事后证明跟因视力缺陷不能学理工才学外语一样，又是因祸得福。

南京大学学子

须知单科性的西南俄专，无论是硬件还是软件，都远远无法与老牌综合性大学南京大学相比。而今忆起在南大五年的学习生活，尽管远在异乡靠吃助学金过活的穷小子受了不少苦，仍感觉如鱼得水般地畅

同班同学秋游中山陵,前排左三为挚友舒雨

本人是那个穿破裤子的裁判,注意:补丁是自己一针一针缝上去的

快,因为有了实现理想的条件和可能嘛。

要说南大学习条件优越,仅举一个例子为证:

搞文学翻译,原文书籍的获得和从中挑选出有价值的作品,

实乃第一件大事；没有可供翻译的原文，真叫"巧妇难为无米之炊"。作为南大学子，我身在福中。师生加在一起不过百人的德语专业，拥有自己的原文图书馆不说，还对师生一律开架借阅。图书馆的藏书装满了西南大楼底层的两间大教室，整个一座敞着大门的知识宝库，我呢，好似不经意就走进了童话里的宝山。

更神奇的是，这宝山也有个"小矮人"守护！别看此人个头矮小，却神通广大，不仅对自己掌管的宝藏了如指掌，而且尽职尽责，开放时间总是坚守在自己的位置上，对师生的提问一一给予解答。从二年级下学期起，我几乎每周都得到这"小老头儿"的服务和帮助。起初我只是感叹、庆幸自己进入的这所大学真是个藏龙卧虎之地！日后才得知这位其貌不扬、言行谨慎的老先生，竟然是我国日耳曼学宗师之一的大学者、大作家陈铨。

不过我在南大的文学翻译领路人并非陈铨，而是叶逢植。20世纪五六十年代，叶老师

风华正茂的叶逢植老师

1982年陪叶老师走海德堡哲人之路

尚未跻身外文系学子崇拜的何如教授、张威廉教授等大翻译家之列。不过，我们班的同学仍十分钦慕他，对他在《世界文学》发表的译作，如席勒的叙事诗《伊璧库斯的仙鹤》和广播剧《人质》等津津乐道，引以为荣。

正是受叶老师影响，我才上二年级就尝试搞翻译，也就是当年为人所不齿的"种自留地"。1959年春天，《人民日报》发表了我翻译的非洲民间童话《为什么谁都有一丁点儿聪明？》，对我而言不啻翻译生涯中掘到的"第一桶金"。巴掌大的译文给了初试身手的小子我莫大鼓舞，以至一发不可收拾，继续在小小的"自留地"上挖呀，挖呀，挖个不止，全然不顾有可能戴上"资产阶级名利思想严重"和"走白专道路"的帽子。

真叫幸运啊，才华横溢又循循善诱的叶老师在一、二年级教我德语和德语文学。在他手下，我不只打下了坚实的语言基础，还得到从事文学翻译的鼓励和指点，因此在那个物质和精神都极度匮乏的困难年代，我们之间建立起了相濡以沫的深厚情谊。

小译者发表习作的大刊物

《译翁译话》第一辑《译坛杂忆》，详述了鄙人"种自留地"拿稿费改善自己和父母经济生活，以及后来在叶老师指引下在《世界文学》刊发德语文学经典翻译习作的情况。想当年，中国发表文学翻译作品的期刊，仅有鲁迅创刊、茅盾主编的《世界文学》一家，未出茅庐的大学生杨武能竟一年三中标，实在不易。

可怜，待分配的肺痨书生！

南大德文专业1962年毕业照（前排右五为学生们敬爱的郭影秋校长，右四为系主任商承祖，右三为张威廉教授，右二为林尔康老师，右一为马君玉老师；二排右一为帅哥关群，右二为"痨病鬼"，右三为刘大方，右四为贾慧蝶，右五为张淑娴，右六为小三姐舒雨，右七为团支书曹志慕，右八为志愿军大哥何平谷，右九为王志清大哥，右十为"二胡"潘振亚，右十一为班长张复祥；后排左一为秦祖镒，左二为张春富，左三为杨明，左四为篮球健将陈达，左五为沈祖芳，左六为林尧清，左七为张至德，左八为马明远，左九为华宗德）

就这样，还在大学时代，我连跑带跳冲上了译坛，可也为此付出了沉重代价：毕业前一年，我患了肺结核，住进了郭影秋任校长的南大在金银街5号专为学生设立的疗养所。

1962年秋天毕业却因病不得分配，我寂寞、痛苦地在舒雨的陪伴下①等待了几个月，才勉强回到由西南俄专发展成的四川外语学院报到。

毕业后头两年我还在《世界文学》发表了《普劳图斯在修女院中》和《一片绿叶》等德语古典名著的翻译。

谁料好景不长，1965年中国唯一一家外国文学刊物《世界文学》停刊了，接着就是十年"文革"，我的文学翻译梦遂成泡影，身心堕入了黑暗而漫长的冬夜。

否极泰来说"文革"

译翁对"文革"深恶痛绝，它不但粉碎了我做文学翻译家的美梦，还给年纪轻轻的小教员我扣上"反动学术权威"的帽子，仅仅因为我译过几篇古典名作而已。我父亲更惨，莫名其妙地就从革命群众变成"历史反革命"，被勒令到长寿湖学习改造，儿子自然也被划入了"黑五类"另册。业务再好，教学再努力，我当个小小教研室主任前边也得加个"代"字，真是倒霉到了极

---

① 舒雨，我的南大同班同学。身为老舍先生的三女儿，她身份显赫，生活优裕，却偏偏青睐我这个四川"小瘪三"。《译海逐梦录》里有一篇《小三姐》，写她为什么会陪我待分配，以及我在长江边上与她洒泪分别的情景。

点，憋屈到了极点！

正是太憋气、太受气，我才忍无可忍，才在1978年以40岁的大龄破釜沉舟：已经获得的讲师头衔不要了，抛下即将生第二个孩子的弱妻和尚年幼的女儿，愤而投考中国社会科学院冯至教授的研究生！

结果呢，我鲤鱼跳龙门，摇身一变成了歌德学者，成了"翰林院黄埔一期"①的一员！

若不是"文革"逼我铤而走险，十有八九小子我还是一名德语教员，充其量也就能奋斗进黄永玉老爷子所谓"满街走"的教授队列。

"文化大革命"把偌大

1978年冬天，在导师冯至温暖的书房

1982年秋第一次到德国出席学术会议，会后随恩师冯至、叶逢植游览慕尼黑

---

① "翰林院"系中国社会科学院研究生院当年的谑称。1978年恢复研究生制度，在"人才难得的呼喊声中"，许多被"文革"耽误、埋没的知识精英蜂拥进了社科院研究生院，在温济泽老院长的操持下，它的"黄埔一期"真出了不少将帅之才。

一个中国生生变成了文化荒漠。浩劫过后接着是文化饥渴，小子我生逢其时，交了好运，在人民文学出版社孙绳武和绿原前辈帮助下翻译出版了《少年维特的烦恼》，恰如灾荒年推到市场上一大筐新烤出来的面包，"饥民"们一阵疯抢，借着前辈郭老的余威，小子暴得大名！随后译作、著作便一本接一本上市喽。

时也，命也！

《少年维特的烦恼》部分杨译本（包括捐赠了稿费的盲文本）

经过这场浩劫，党和政府毅然拨乱反正，实行改革开放，为中华腾飞打下了坚实基础，小平同志居功至伟。我家里摆着两尊伟人铜像：一尊为毛泽东，一尊为邓小平！

祸兮福兮忆抗战
——亲爱的"下江人"

我出生在抗日战争全面爆发的第二年，依稀记得大人抱着我躲警报的情景，刚懂一点点事就切齿痛恨日本鬼子狂轰滥炸我的家园，永世不忘国家民族的深仇大恨！

抗战期间，陪都重庆经济文化空前繁荣，小小年纪的我同样受益匪浅。这里我讲一个非亲历者体会不到的例子：

抗战时期逃难到大后方的有许多"下江人"，也就是江浙、京沪乃至东三省的上层人士和文化精英。抗战期间，难民们受到四川的庇护、款待，对包括重庆在内的第二故乡四川怀有深深的感恩之情。前不久我读到叶逢植老师的一部未刊德语回忆录，说他们从四川回南京后自然形成了一个讲四川话的小圈子，大家都以到过四川为荣，彼此格外亲切。我长大后浪迹南京、北京，涉足文坛遇到许多恩人贵人，从恩师冯至先生到挚友老舍的三女儿舒雨和她的丈夫潘武一，从亦师亦友的译坛领路人叶逢植到忘年之交英语兼德语翻译家傅惟慈，从高风亮节的诗人、翻译家兼编辑家绿原到作家、翻译家冯亦代，等等。这些在我从译和治学路上扶持、提携我，有恩于我的人，他们的一个

冯亦代三不老胡同听风楼中的座上客

鲁迅文学奖翻译奖评议组组长绿原和他的组员杨武能

共同点便是饮过川江水的"下江人"。我忍不住要述说自己这一特殊经历、感受,因为老头子不讲,再过一些年恐怕没有谁会再知道和再想起讲这些亲爱的"下江人"啦!

京城有巴蜀游子的两个落脚点:一个在舒雨、潘武一灯市西口的家中,一个在傅惟慈四根柏胡同的小院里。左一为傅教授的儿女亲家叶君健

人生路漫长曲折,祸福无常,祸福相倚。鄢翁60多年的译著生涯,每每印证此理。多有"山重水复疑无路"的困顿迷茫,绝望挣扎,接着总会"柳暗花明又一村",眼前豁然开朗,心中欣幸欢悦。此时此刻此情此景,每一个不惧艰险、不懈奋进的追求者,都会像浮士德博士一样喊出:你真美啊,请停一停!

鄢翁咬牙在从译之路上奔波、跋涉,一次次跌倒了再爬起来,方有今日之光景。但柳暗花明和跌倒了再爬起来,打拼出新的局面,没有幸逢一位位恩人、贵人,那是不可能的!

格林童话助我"返老还童"

回眸一个多甲子的文学翻译生涯,无论如何也不能不说说译林出版社和它1993年推出的《格林童话全集》。而今,杨译格林童话在读者中的影响,已经超过杨译《少年维特的烦恼》和《浮士德》,为我赢得的老少粉丝数以亿计。不仅如此,《格林童话全集》帮助我"返老还童",使我这棵翻译"老树"在风风雨雨半世纪之后又发出了"新枝"。这个情况,当然早已为业内注意到,于是我慢慢被视为译介少儿作品的好手,因此收到了各式各样的约请。

2007年,经儿童文学理论家王泉根教授推荐,我应邀担任湖南少年儿童出版社"全球儿童文学典藏书系"的"翻译专家委员会委员",不但接受组织德语作品翻译的委托,自己也承担和完成了《七个小矮人后传》和《胡桃夹子》等几本小书的翻译。书虽说单薄,跟我已出版的大多数译著相比微不足道,却是我进入新的年龄段即70岁后的第一批成果,不但使我重温了20年前翻译《格林童话》的美妙滋味,还认识到为孩子们干活儿的非凡意义。不再做翻译的决心动摇了,我开始考虑在保持健康的前提下,力所能及地再为孩子们做点事。

恩德此书被誉为德语文学的现代经典,貌似童书,却有点《浮士德》《西游记》的味道

2010年，以出版少儿读物享有盛誉的二十一世纪出版社找到远在德国的我，约我翻译德国当代著名儿童文学作家普罗斯勒的《大帽子小精灵霍柏》与《霍柏和他的朋友毛球儿》。为考验该社诚意，我提出相当高的签约条件，不想他们慨然应允，这就使我再也脱不了手。两本小书交稿后，他们又请我重译已故当代德国儿童文学大师米切尔·恩德的代表作《永远讲不完的故事》和 Momo。我查了资料，发现这两本书的旧译不但广为流传，而且译者都是熟人，因此颇感为难。我把疑虑告诉了联系人，得到的回答却是请我重译一事已经过慎重考虑，决定系由社长张秋林本人做出，只因他喜欢我的译笔①。思考再三，几经踌躇，我终于决定接受约请，理由是应该以广大小读者的接受为重，以大师恩德杰作的传播为重，而不能太在乎个人的得或失②。

我为二十一世纪出版社翻译的童书很多，这里只展示《永远

如同 Momo，此书是批判后工业社会的生态小说

---

① 前些年，秋林曾代表台湾地区某出版社约我译恩德的《如意潘趣酒》。

② Momo 在20世纪八九十年代就有中译本，我印象最深的是译林出版社资深编辑赵燮生的《莫莫》，因为燮生邀我为它写过序。二十一世纪出版社的重译本《毛毛》也许译名取得巧，结果后来居上。我重译了 Momo，尽管煞费苦心把译名变成了《嫫嫫》，还是未能免掉麻烦和困扰。不过这只是一点点不值一提的鸡毛蒜皮，革命航船仍然乘风破浪，也就是得大于失，反倒加快了"返老还童"的进程。

讲不完的故事》和《如意潘趣酒》的封面。

再说我的"返老还童",为此我由衷感谢在激烈的争夺中与我签订"格林兄弟"作品出版合同的李景端①,还有责任编辑施梓云,没有这位称职"保姆"养育、呵护,"孩子"不会长得如此健壮可爱,这么有出息!很自然地,译林出版社和李、施两位都成了本翁的好朋友。

欣慰自豪一二三

我从译半个多世纪真没少经历痛苦磨难,但更多的是师友的教诲、帮助,恩人贵人的扶持、提携,因而有了一些可堪欣慰、自豪的成绩,在此略述一二。

其一,毕生所译几乎全是名著佳作,尤以古典杰作居多。翻译古典名著很难避免重译。重译亦称复译,复译之必要已为业界公认,问题只在质量和效果。重译者做到了推陈出新、更上层楼,有利于原著进一步传播,有利于读者更好地接受,价值就不容否认和低估,就不一定比新译或所谓"原创性翻译"来得差。具体说到我重译的歌德代表作《浮士德》《少年维特的烦恼》《迷娘曲——歌德诗选》《歌德谈话录》,以及《阴谋与爱情》《海涅抒情诗选》《茵梦湖》和《格林童话全集》等,事实

---

① 他一听说漓江出版社也属意我的《格林童话》译稿,立马从南京奔到我成都的家中,和我签了出版合同。

表明都得到了同行专家的赞赏,出版界和读书界的欢迎。例如《少年维特的烦恼》入选了人民文学出版社、作家出版社以及商务印书馆等权威大社"名著名译"丛书,《浮士德》被藏入国家领导人的书柜,《格林童话全集》成为教育部推荐的中学生"新课标"选本。

除了重译,译翁也有不少首译的作品,较重要的如托马斯·曼70多万字的巨著《魔山》,黑塞的长篇小说《纳尔齐斯与歌尔德蒙》,海泽的中篇集《特雷庇姑娘》,迈耶尔的中篇集《圣者》,以及霍夫曼、克莱斯特等的许多中短名篇,还有米切尔·恩德的现代经典童话《如意潘趣酒》等,加在一起不但数量可观,也同样受到读者欢迎、同行肯定。

《魔山》等经典名著部分译本

其二,鄙翁尽管痴迷于文学翻译实践,却不只顾埋头译述,做一个吭哧吭哧的"搬运工",也对文学翻译做过不少理论思考,对它的性质、意义、标准以及从事此道的人必须具备的条件和修养等,形成了有个人见解且言之成理、立论有据的理念,或者勉强也算理论。老朽自视为译学研究舞台上的"票友",却有同行谬赞吾为"文学翻译家中的思想者"。

说起文学翻译理论,一言以蔽之,我特别重视"文学"二字。早在20世纪80年代,区区就强调优秀的译文必须富有与原著尽可能贴近的种种文学元素和美质,也就是在读者审美鉴赏的显微镜下,译文本身也必须是文学,即翻译文学。而这一点,即文学翻译除去正确和达意之外,还必须富有与原文近乎一样的文学美质,正是文学翻译的难点和据以区别于他种翻译的特质。

德国人称纯文学(即Belletristik)为"美的文学"(schöne Literatur),我想不妨也称文学翻译为"美的翻译",或曰"艺术的翻译"。使自己的译作成为"美的翻译",成为"美玉"、美文,成为翻译文学,是我半个多世纪翻译生涯的不变追求。

为避免误解,我必须强调:翻译理念中的"美",指的是尽可能充分、完美地再创原著所拥有的种种文学美质,而非译者随心所欲地想怎么美就怎么美,更不是眼下一些人津津乐道的所谓"唯美"和为美而美。

要创造传之久远的、能纳入本民族文学宝库的翻译文学,要创造美的翻译、美文、"美玉",必须充分发挥翻译家的主观能动性和创造精神。因此我赞成说文学翻译是艺术再创造;因此我认为,翻译家理所当然地应当是文学翻译的主体,也事实上是主体。

其三,我践行了早年提出的文学翻译家必须同时是学者和作家的理念，几十年来努力追寻季羡林、戈宝权、傅雷等译界前辈的足迹，把研究、翻译、创作紧密结合起来，让它们相辅相成、相得益彰，在完成教师本职工作之余，翻译、研究、创作齐头并进，在三个方面都取得了或大或小的成绩，出版的译著、论著和创作总计约40部。即使仅仅作为翻译家，我在学者和作家朋友面前当也不自惭形秽。其他理由不说了，只讲我译著的读者数量以千万计，而一部名著佳译流传数十年甚至更加长远，可以影响一代又一代人，这难道不值得自豪吗？

还值得一说的是，几十年来我积极参加国内外翻译界的活动，不甘于做一个把自己关在屋子里爬格子的书呆子和匠人。有机会向前辈和国内外同行学习，我获益匪浅。

社科院众多大儒中我最亲近戈宝权。1987年他应邀出席四川翻译文学学会成立大会，会后偕夫人梁培兰做客我在四川外语学院的寒舍，与我妻子王荫祺和次女杨熹合影。我受他影响，也涉猎中外文化关系研究

我读研时去北大听过田德望先生的课，他待我很好。我参评教授时，他写推荐多有美言，是我视为表率的德语和意大利语翻译大家

1985年，我参加了在烟台举行的全国中青年文学翻译经验交流会

也是1985年，出席《译林》杂志创刊五周年纪念会，我拜识了一大批前辈名家。

天时·地利·人和　成就译翁"一世书不尽的传奇"

三排右一为周珏良，右二为毕朔望，右三为杨岂深，右四为吴富恒，右五为戈宝权，右六为汤永宽，右七为屠珍，右八为梅绍武；中排左一为吴富恒夫人陆凡，左二为董乐山；前排左一为东道主，左二为陈冠商，左三为杨武能，左四为郭继德，左五为施咸荣

　　1992年珠海白藤湖，我出席海峡两岸文学翻译研讨会，欣逢自称半个四川人的"下江人"余光中先生，与他一见如故。

乡愁诗人与我的忘年之交

在白藤湖，我还拜识了王佐良、齐邦媛和金圣华等译界名宿。

图为李文俊、方平、董衡巽和小杨（时年54岁）

2004年任欧洲译协驻会翻译家

1999年歌德诞辰250周年，我受聘赴魏玛"《浮士德》翻译工场"打工，作为唯一中国代表与来自全世界的《浮士德》翻译家切磋译艺。"工场"关门后又应邀赴艾尔福特开更大的世界歌德翻译家研讨会。

在欧洲译协与诺奖得主君特·格拉斯相谈甚欢

遗憾的是，当今中国，翻译家在文艺界和学术界没有受到足够的重视；即使是经典译著，在高校通常也不算科研成果，翻译的稿酬标准也远低于创作。对此，翻译家们心怀愤懑却无能为力，不少人因此失望、自卑。译翁却不但不自卑，心中还充满自豪，反倒为自己是一名有成就、有作为、有影响的文学翻译家自豪！

夫唱妇随，在欧洲译协会翻译家居住的小别墅门前

在艾尔福特的世界歌德翻译家研讨会做报告

2018年荣获"翻译文化终身成就奖",这是巴蜀译翁在国内得到的最高奖项

我不是傅雷，我是巴蜀译翁，巴蜀译翁！

近些年，有媒体报道称老朽为"德语界的傅雷"：

2013年6月27日，中国网河南频道报道"德语界傅雷"杨武能荣获歌德金质奖章；《成都商报》说什么"德语界的傅雷"川大教授杨武能获得了"翻译诺贝尔奖"；2018年，又有报道说80高龄的杨武能"拿下了"翻译文化终身成就奖，称誉他为"德语界的傅雷"，云云。不只某些媒体，严谨的学术界也偶有拿我跟傅雷相提并论者。

傅雷先生（1908—1966）是中国翻译文学史上的一座丰碑，我走上文学翻译道路就是中学时代受了先生和汝龙、丽尼等前辈的影响，傅雷更是我从译之路上的向导乃至偶像。我说我不是傅雷，没有丝毫贬低他的意思，相反我对先生十分崇敬和感激。我所以坚称自己不是傅雷，因为我就是我，我跟傅雷有太多的不同。多数的不同不言自明，只有一点必须要强调，因为影响大而深远：

傅雷比我早生30年，58岁不幸去世；同成长在新中国，虽也历经坎坷，却在和平环境里幸福地多劳作了数十年的译翁，不可同日而语！译翁施展的时间和空间远远大于傅雷前辈，能创造和贡献的自然应该更多更大。至于是不是真的更多更大，则有待评说。

感恩故乡，感恩祖国

2018年年届耄耋，我突发奇想，给自己取了个号或曰笔名：巴蜀译翁。

一辈子混迹文坛，我用过的笔名不少，大多随用随弃，但这"巴蜀译翁"将一直用下去。它不只蕴含着我对故乡无尽的感恩之情，还另有一层含义！

我出生在山城重庆较场口十八梯下厚慈街，从小爬坡上坎，忍受火炉炙烤熔炼，练就了强健的筋骨、刚毅的性格。天府四川的文学沃土养育我茁壮生长，我自幼崇拜李白、杜甫、苏东坡，尤其是苏东坡！我生而为重庆人，重庆人就是四川人；我一辈子都为自己是四川人而自豪，为自己是李白、杜甫、苏东坡、郭沫若、巴金的同乡、后辈而自豪。没想到行政区划的

苏东坡，译翁奉他为古代中国的歌德①

---

① 2000年法国《世界报》评选出1001—2000年间的"千年英雄"，全世界入选者12人，中国也是亚洲入选的唯一一位就是苏东坡。

变化，有一天我突然不是四川人了！我实在难过，想起杜甫草堂、武侯祠、三苏祠就难过！我取"巴蜀译翁"这个名号，是要表明自己对四川—重庆人这个身份的忠诚。

得意忘形　"引吭高歌"

杨武能著译文献馆（巴蜀译翁文献馆）开馆展。左一为四川大学文学院院长曹顺庆，左二为重庆市作协主席冉冉，左四为著名翻译家刘荣跃，左五为华裔德籍著名歌德研究家顾正祥

我2008年从川大退休旅居德国，2014年送重病的妻子回重庆就医；2015年，重庆图书馆成立了杨武能著译文献馆。三年后，我逮住建立成渝双城经济圈和巴蜀文旅走廊的机会，赶快将它正名为"巴蜀译翁文献馆"，以舒缓心中的伤痛！

据我所知还没有为一个"文化苦力"建有巴蜀译翁文献馆这般高规格、大体量的个人文献馆的先例。

重庆武隆的世界自然遗产地仙女山还建有一座巴蜀译翁亭，实属少见。

这一馆一亭的意义和未来，还活着的译翁本人不便说，也说不清楚，只感觉这是故乡对区区无尽的爱，厚重得不能承受的爱，所以，巴蜀译翁这个笔名对我之要紧、珍贵，胜过父亲按字辈给我取的本名！

再看巴蜀译翁亭的柱子上，有一副楹联：

上联　浮士德格林童话魔山　永远讲不完的故事

下联　翻译家歌德学者作家　一世书不尽的传奇

组成上联的是我四部代表译著的题名，下联是我的主要身份以及一生的重大建树。

戈宝权评郭沫若说：郭老即使只翻译了一部《浮士德》，就很了不起。巴蜀译翁成功译介的经典多得多！

说主要身份，意味着还有其他身份略而未表。说一说幸得冯至先生亲传的歌德学者吧，译翁是荣获国际歌德研究最高奖"歌德金质奖章"唯一中国学人，其他似乎不用再说。只有作家这个身份，译翁还须努力夯实它。

重庆武隆仙女山巴蜀译翁亭揭幕,出席仪式者除主持仪式的县委领导和川渝文化名流,还有来自德国、美国、澳大利亚、日本、马来西亚等国的华裔作家和文艺家。他们经由小女杨悦组织来世界自然遗产地武隆仙女山采风,其中不乏周励这样的大作家[①],却自谦为译翁的粉丝(张晓辉 摄)

译翁信心满满,只要坚守"生命在于创造,创造为了奉献"这个座右铭,一旦得到缪斯女神眷顾,诗的闸门就会大开。他有翻译家超强的笔力和得自书里书外的人生体验,可以讲的故事多着呢!仔细想想,真是每一部重要译著背后都有精彩故事呢,也就难怪李景端在提议凤凰卫视来专访我时讲:他的故事多!

"一世书不尽的传奇"?好大一个牛皮!

不是牛皮是事实!

---

① 代表作为《曼哈顿的中国女人》《亲吻世界——曼哈顿手记》。更令译翁钦佩的是,她还是一位极地旅行家,著有多部旅游探险记。

新中国成立前四川有句民谚:"养儿不用教,酉秀黔彭走一遭!"说的是四川这几个地方极度苦寒,娇生惯养的娃娃只要去那里走一走,看一看,就会知道生活艰难,不懂事的就会懂事。我祖父杨代金是彭水(现武隆)大娄山上的贫苦农民,他儿子我爸跑到重庆城当了电灯工人,他孙子我巴蜀译翁现如今成了享誉海内外的翻译家、学者、作家还有教授、博导、大学副校长,您说传奇不传奇?

若问哪个(怎么)会出现这样的传奇?回答:天时、地利、人和呗!

欲知究竟,劳驾到重庆沙坪坝凤天路106号,去逛逛重庆图书馆的巴蜀译翁文献馆。您一进文献馆大门,就会看见屏风上写着答案。

巴蜀译翁文献馆门厅处屏风

看样子传奇还不算完,尽管译翁已经八十有三。须知他的座右铭是"生命在于创造,创造为了奉献",在有生之年,他还要继续创造,继续奉献,也就是生命不息,奋斗不止!在光辉灿烂的新时代,译翁有一个梦:老头儿梦见自己"年富力强",变成了新的自己,正铆足劲儿,要创造一个个新的传奇……

民族复兴大业美好、光荣、伟大,本翁哪个能不参与,不投入其中呢?!

结语:没有共产党缔造新中国,就没有巴蜀译翁!没有父母养育、亲属支持①、师长教导、友朋帮衬、贵人提携,就没有巴蜀译翁!故而译翁在中国共产党成立100周年之际开始结集出版自己60余载心血的结晶《杨武能译德语文学经典》,把它献给我的人民、我的国家,把它献给我的亲戚朋友,献给我的母校育才、一中、俄专、南大、社科院研究生院,以及德国洪堡基金会(Alexander von Humboldt-Stiftung),献给我在中国和德国的老师、同学,最后,还献给支持、厚爱译翁的千万读者、粉丝,老的少的粉丝!

德国大文豪、大思想家歌德说:我们都是"集体性人物"!意即我们生命中包括父母、亲属、师长、同学、同事、同行的许许多多人有意无意地影响了我们,从正面或者反面帮助、促成我们的成长、发展,造就了我们,最终决定了我们成为什么样的人。不能不说明,写在纸上的都是美好、阳光、正面的人和事;

---

① 必须感谢我的家人,特别是我的妻子王荫祺。她与我志同道合、同甘共苦三十五载,精心养育两个女儿,多方面为我分劳分忧,不只生活中给我无微不至的照顾,还参与我多部作品的翻译工作。在《译翁情话》里,将对她述说很多很多。

可在现实生活中,译翁跟所有人一样也遭遇过阴暗和丑陋,但那些阴暗和丑陋也磨炼、激励了我,最终成就了我,同样是我的塑造者!

茫茫人海,天高地阔,万类霜天竞自由!少了哪一类都不行,少了哪一物种世界都不会如此多姿多彩,生活都不会如此美好、幸福,译翁都不会活得如此有滋有味!多谢啦,一切从正面或反面促成、造就我的人,译翁感激你们哟,爱你们哟!

2021年12月于山城重庆图书馆巴蜀译翁文献馆

目　　录

代译序

号角与匕首 ·· 1

散文体寓言

缪斯显形 ·· 7

土拨鼠和蚂蚁 ·· 9

狮子和兔子 ··· 10

驴和马 ·· 11

宙斯和马 ·· 12

猴子和狐狸 ··· 14

夜莺和孔雀 ··· 15

狼和牧羊人 ··· 16

骏马和公牛 ··· 17

蟋蟀和夜莺 ··· 18

夜莺和秃鹫 ··· 19

勇武的狼 ·· 20

凤　　凰 ·· 21

鹅 ·· 22

橡树和猪 …………………………………………… 23

黄　蜂 ……………………………………………… 24

麻　雀 ……………………………………………… 25

鸵　鸟 ……………………………………………… 26

麻雀和鸵鸟 ………………………………………… 27

狗 …………………………………………………… 28

狐狸和鹳 …………………………………………… 29

猫头鹰和掘宝者 …………………………………… 30

小　燕 ……………………………………………… 31

美罗普斯 …………………………………………… 32

鹈　鹕 ……………………………………………… 33

狮子和老虎 ………………………………………… 34

公牛和牡鹿 ………………………………………… 35

驴和狼 ……………………………………………… 36

棋盘上的马 ………………………………………… 37

伊索和驴 …………………………………………… 38

铜　像 ……………………………………………… 39

赫拉克勒斯 ………………………………………… 40

男孩和蛇 …………………………………………… 41

垂死的狼 …………………………………………… 43

公牛和牛犊 ………………………………………… 44

孔雀和乌鸦 ………………………………………… 45

与驴为伍的雄狮 …………………………………… 46

与雄狮为伍的驴……………………………………… 47

瞎母鸡……………………………………………… 48

驴…………………………………………………… 49

受保护的羔羊……………………………………… 50

朱庇特和阿波罗…………………………………… 51

水　蛇……………………………………………… 52

狐狸和脸壳………………………………………… 53

乌鸦和狐狸………………………………………… 54

吝啬鬼……………………………………………… 55

乌　鸦……………………………………………… 56

宙斯和绵羊………………………………………… 57

狐狸和老虎………………………………………… 59

人和狗……………………………………………… 60

葡　萄……………………………………………… 61

狐　狸……………………………………………… 62

绵　羊……………………………………………… 63

山　羊……………………………………………… 64

野苹果树…………………………………………… 65

鹿和狐狸…………………………………………… 66

荆　棘……………………………………………… 67

复仇女神…………………………………………… 68

提莱西阿斯………………………………………… 70

密涅瓦……………………………………………… 71

弓的主人 …………………………………… 72

夜莺和云雀 ………………………………… 73

所罗门显灵 ………………………………… 74

仙女的礼物 ………………………………… 75

绵羊和燕子 ………………………………… 76

乌　　鸦 …………………………………… 77

动物界的等级之争 ………………………… 78

熊和象 ……………………………………… 81

鸵　　鸟 …………………………………… 82

善　　行 …………………………………… 83

橡　　树 …………………………………… 84

老狼的故事 ………………………………… 85

鼠 …………………………………………… 90

燕　　子 …………………………………… 91

鹰 …………………………………………… 92

幼鹿和老鹿 ………………………………… 93

孔雀和公鸡 ………………………………… 94

鹿 …………………………………………… 95

鹰和狐狸 …………………………………… 96

牧羊人和夜莺 ……………………………… 97

鹰　　隼 …………………………………… 98

自然主义者 ………………………………… 99

狼和羊 ……………………………………… 100

饥饿的狐狸……………………………………………………101
诗体寓言
麻雀和田鼠……………………………………………………102
鹰和猫头鹰……………………………………………………103
会跳舞的熊……………………………………………………104
鹿和狐狸………………………………………………………105
太　　阳………………………………………………………107
模范夫妻………………………………………………………109
秘　　密………………………………………………………110
恩爱夫妻………………………………………………………114
熊………………………………………………………………116
狮子和蚊子……………………………………………………118
耶稣受难十字架………………………………………………121
隐　　士………………………………………………………124
眼　　镜………………………………………………………139
死的渴望………………………………………………………143
病中的普谢妮亚………………………………………………150
莫里丹…………………………………………………………152
核桃和猫………………………………………………………153

附录
伟大的功绩　崇高的人格——浅论莱辛……………155

代译序

号角与匕首

寓言是人类最古老的文学样式之一。特征一般表现为篇幅短小而富有深义,大多讲述的是动物们的故事,实际却含蓄、委婉地说着人世间的事情,若隐若显地表达作者的思想、观点或者讽喻、劝诫之意。成功的寓言故事不但充满智慧和哲理,而且往往还幽默、诙谐、风趣,能让读者既获得思想启迪,又享受审美愉悦。

各个民族都有自己的寓言,我国古代的典籍《庄子》《山海经》等里边寓言便不少,而在西方文学中,这一体裁最有名也最古老的样板,多半算产生于古希腊时期的《伊索寓言》了。

戈特霍尔德·埃夫莱姆·莱辛(1729—1781)是举世公认的伟大寓言作家之一。他的寓言分散文体和诗体,总计100篇多一点,虽说数量不多,也并非他创作的主要成绩,却仍被看作德国古典文学中的名著杰作,在世界的寓言宝库里占据着重要地位。

跟《伊索寓言》一样,18世纪上半叶产生在德国的《莱辛寓言》同样是一个个独立成篇的小故事,夺目耀眼好像一粒一粒珍珠,但是有一条红线串起这些珍珠,读者可以一下子提起这条珠串来。这红线具体讲就是贯穿在《莱辛寓言》里的启蒙思想和启蒙精神。莱辛是18世纪德国启蒙运动的重要代表。[①]寓言也和他的戏剧、理论著作一样,被莱辛用来作为传播启蒙思想的工具和武器。由于他的寓言短小犀利,富于警醒和号召的力量,常常被人誉为启蒙的号角和战斗中致敌于死命的匕首。

在莱辛的寓言中,斗争的矛头首先指向当时的反动统治阶级,指向封建专制制度及其精神支柱——教会。狮、虎、狼等,常常被他用来描绘和讽喻统治者的专横、暴虐。请看其中的一篇《水蛇》:

>宙斯给青蛙们另立了一位国王,派贪馋的水蛇接替和善的木桩。
>
>"您既然想做我们的国王,为什么还要吃掉我们?"青蛙们提出抗议。
>
>"为什么?"水蛇回答说,"就因为是你们自己请求派我来的。"
>
>"我可没有请求派您呀!"青蛙中有一个叫起来。
>
>水蛇恶狠狠地瞪着它,像用眼睛就要吞掉它似的,说:"没有请求?那更好!我非得吃掉你不可,因为你没有请求派我来嘛。"

[①] 莱辛的生平和创作详见附录《伟大的功绩 崇高的人格》。

这篇百来字的寓言，真是活灵活现、入木三分地刻画出了专制暴君既贪婪又凶残，并且还蛮不讲理的可恶嘴脸。

莱辛一生光明磊落，疾恶如仇，十分痛恨统治阶级特别是教会里的伪善行为。他因此用来鞭笞形形色色的伪善现象的作品也格外多，如《绵羊》《垂死的狼》《狼和牧羊人》以及《秘密》《隐士》等，都是其中富有代表性的篇什。

尽管莱辛爱憎分明，斗争的主要对象始终是反动统治者，但他对下层民众和他自己所代表的资产阶级的弱点也并非视而不见，不闻不问，而是严肃地加以揭露，无情地进行讽刺。诸如愚昧、懦弱、爱好虚荣和缺少行动力等德国小市民的习气，在驴、羊、兔、鹅和鹿身上，都生动形象地得到了表现，遭到了辛辣的讽刺。

莱辛是一位杰出的文艺理论家和批评家，他在寓言创作中自然也不放弃对当时德国文坛鄙陋现象的针砭。《猴子和狐狸》批评热衷于模仿外国、缺少创作个性和民族特点的文艺家，《夜莺和云雀》批评文艺脱离民众，《麻雀与田鼠》批评作家的故步自封和批评界的短视等，都言简意赅，一针见血。

莱辛寓言的题材相当广泛，内涵丰富而深刻，以上仅仅谈了它的几个主要方面。此外，他在诸如《赫拉克勒斯》《老狼的故事》等篇里，还宣扬了带有启蒙运动时代特色的宽容精神等，就不再一一述及了。

莱辛还对寓言的理论研究有所建树，发表过一系列著名的论文，而他出版的寓言集的首篇《缪斯显形》，更开宗明义地阐明了他对于寓言创作的观点，可称作一篇"关于寓言的寓言"。莱辛的创作实践表明，他确实坚持了自己的理论主张，因此作品——尤其是散文体寓言部分——都显示出平实、精练又尖锐、深刻的特点。他对法国的拉封丹似乎不以为然，对古希腊的伊索却极为钦仰，创作受伊索的影响极大。《葡萄》《男孩和蛇》《乌鸦和狐狸》《狼和羊》等，明显都是根据伊索寓言改写的，但赋予了它们新意，叫熟悉伊索寓言的人读来格外有趣。请看伊索寓言中那篇妇孺皆知的《狼和羊》，在莱辛的笔下是怎么变得别有一番滋味的：

> 羊口渴了，来到小河边。出于同样的原因，对岸又来了一头狼。有河水隔着，羊觉得安全，便存心要挖苦一下狼，于是冲着河那边的强盗大声喊道：
>
> "狼先生，我该没有弄浑你的水吧？仔细瞧瞧我，看我是不是六周前在背后骂过你呀？我没骂，至少我爸爸也骂过不是？"
>
> 狼明白羊的讥讽。它望着宽宽的河面，咬牙切齿。
>
> "算你运气，"它回答说，"咱们狼已经习惯了对你们羊耐心又和蔼。"说完，狼大摇大摆地走了。

就这样以旧瓶装上味道醇美、深长的新酒，莱辛对伊索寓言的借用和改造可谓十分成功，十分机智。

正因为具有上述那样一些艺术特色，莱辛寓言于内涵深刻的同时又具有明白易懂的可读性,耐人咀嚼的趣味性。它们虽然产生于260多年前封建落后的德国,所包容的人生哲理和智慧却未过时,像每一部古典名著一样将永葆其艺术魅力和光彩。它们一篇篇是如此短小可喜,我们一册在手,不论是茶余饭后,旅行途中,还是在就寝之前,都可以花几分钟读上一两篇,从中既可获得有益的思想启迪,也可得到隽永的审美享受。

散文体寓言

缪斯显形

我时常在森林中偷听鸟兽们的谈话。一天,我又躺在森林最幽寂的深处,躺在一帘小小的瀑布旁,努力给我的一则寓言装点上一些诗意,就像差点儿把寓言娇惯坏了的拉封丹①十分喜欢做的那样。我冥思苦想,我搜索选择,我挑剔摒弃,我头昏脑涨——白费力气,完全写不出任何东西。我气急败坏,一跳而起。可瞧啊!——突然间,掌管寓言的缪斯女神②自己出现在了我面前。

她微笑着对我说:

"徒弟,干吗吃力不讨好呢?真理需要寓言的美,寓言又何需和谐的美呢?你这是往佐料中间再加佐料。只要是诗人的发现就够了,讲的方式尽可以朴实无华,就像哲人的智慧那样。"

我正想回答,缪斯女神却已失去踪影。

---

① 让·德·拉封丹(Jean de La Fontaine,1621—1695),法国享有世界声誉的杰出寓言作家。——译注
② 缪斯是希腊神话中掌管文艺的女神,一共9位。寓言当在掌管叙事文学的缪斯卡利俄珀管辖之下。——译注

"失去了踪影?"我听见一位读者在问,"你多半只是想愚弄愚弄我们吧!你由于无能才得出那些肤浅的结论,却把它们塞进缪斯的嘴里!不过是个司空见惯的骗人把戏……"

对极了,我的读者!我眼前确实没有出现过任何缪斯。我讲的只是一则寓言,从中你自己已得到教益。人们爱把自己的怪念头说成是显形的神灵的妙语,而我既非其中的第一个,也不会是最后一个。

土拨鼠和蚂蚁

"你们这些可怜的蚂蚁哟,"土拨鼠说,"你们整个夏天拼命干活儿,才搜集到这么一丁点儿东西,值得吗?真该让你们去瞧瞧我的收藏!"

"听着,"一只蚂蚁回答,"如果你藏的食物比你需要的还多,那就活该让人们来掏你的窝,搬走你仓库里的所有东西,并叫你为了你那强盗般的贪婪送掉性命!"

狮子和兔子

一头狮子降尊纡贵，把一只可笑的兔子当作自己的密友。

"难道是真的吗，"一天兔子问狮子，"一只可怜的公鸡喔喔一叫，就会把你们狮子吓得逃跑？"

"当然是真的，"狮子回答，"附带讲一讲，咱们这些大动物身上通常总有某种小缺点。例如象吧，你也许听说过，它就对猪那哼哼的叫声害怕得要命。"

"真的？"兔子打断了狮子，"对了，这下我算明白咱们兔子为什么那样怕狗啦。"

驴和马

一头毛驴不自量力,竟敢和一匹专供打猎的骏马赛跑。较量的结果很可悲,驴子遭到了耻笑。

"我现在真的找到失败的原因了,"驴子说,"几个月前我的脚扎进了一根刺,眼下还痛呢。"

"请原谅,"里德霍特[①]神父说,"如果我今天的布道不够深刻感人,没有满足大家对一位莫斯海姆[②]的荣幸的模仿者所抱的期望。那不过是因为我嗓子哑了,各位听见的,哑了已有八天。"

---

①② 莱辛同时代的教士,后者以善于布道著称。——译注

宙斯和马

"人类和牲畜的父亲啊,"马走近宙斯的宝座,说,"世人都讲,我是你用来装点世界的最漂亮的生物之一;自爱也让我相信这是真的。可尽管如此,我身上难道不是还有这样那样值得改进的地方吗?"

"你到底指哪些地方值得改进呢?说吧,我愿意领教。"和善的神微笑着回答。

马继续讲:"要是我的腿再长一些,瘦一些,我也许跑得更快;要是我长上长长的天鹅脖子,我也不至于变丑;要是胸脯更宽,我会更有力气。还有,你既然让我命中注定去驮人——你的宠儿,那么,你不妨干脆让我背上长出一个鞍子来,免得仁慈的骑手自己装上去。"

"好,"宙斯回答,"耐心等着吧!"说着,宙斯表情严肃地念起了造物的咒语。紧接着,生机涌进尘土,有机物开始结合起来,蓦然间,宝座前出现了一头丑陋的骆驼。

马一见骆驼,又害怕又厌恶,不禁浑身哆嗦。

"这里是更长、更瘦的腿,"宙斯说,"这里是长长的天鹅脖子,这里是更宽的胸脯,这里是天生的鞍子!马,要我把你变成这个样子吗？"

马仍然浑身哆嗦。

"去吧，"宙斯接着说，"这次只教训教训你，不给你惩罚。可是为了使你时时反省你的狂妄，就让这个新的生物也继续活在世上吧。"宙斯宽容地瞥了骆驼一眼——"让马看见你总是胆战心惊。"

猴子和狐狸

"你说说看,有哪一种灵巧的动物我猴子不能模仿?"猴子对狐狸夸口说。

狐狸却反问道:"那么你也说说看,有哪种低贱的动物会想起来模仿你猴子?"

我们民族的作家啊!难道还要我讲得更明白么?

夜莺和孔雀

一只爱交际的夜莺在森林的歌手中招来了一大堆嫉妒者,却找不到任何一个朋友。"也许在其他鸟类中我会找到朋友的。"夜莺想,于是它飞下去对孔雀表示友好。

"美丽的孔雀啊,我赞赏你!"

"我也赞赏你,可爱的夜莺!"

"那就让咱俩做朋友吧,"夜莺继续说,"我和你不会相互嫉妒,你悦人眼目,我饱人耳福。"

夜莺和孔雀果真成了朋友。

内勒[①]和蒲柏[②]的交情因此也超过了蒲柏和艾迪生[③]。

[①] 内勒(G. Kneller,1646—1723),英国肖像画家,1676年后生活在伦敦。——译注

[②] 蒲柏(A. Pope,1688—1744),英国诗人。——译注

[③] 艾迪生(J. Addison,1672—1719),英国诗人,因为荷马史诗的翻译问题与蒲柏发生过激烈争论。——译注

狼和牧羊人

一场可怕的瘟疫,使牧羊人丧失了整个羊群。狼得到消息跑来悼念。

"牧羊人,"他说,"你真的遭到如此可怕的不幸吗?你失去了你的整个羊群吗?这些可爱的、温驯的、肥美的羊呵!我真为你难过,真想为你哭泣,哭得流出血泪。"

"多谢你,狼先生,"牧羊人回答,"看得出来,你很有同情心。"

"他确实有同情心,"牧羊人的狗补充说,"不过只是在别人倒霉他也跟着遭殃的时候。"

骏马和公牛

勇敢的男孩骑着一匹火红的骏马,骄傲地奔驰而来。一头粗野的公牛见了冲着马喊:

"真可耻!我才不肯让一个孩子驾驭哪!"

"可我肯。"骏马回答,"再说,把一个孩子摔下来,又会带给我什么荣誉呢?"

蟋蟀和夜莺

"我向你保证，"蟋蟀对夜莺说，"我的歌声完全不缺少欣赏者。"

"说说他们是谁吧。"夜莺回答。

"那些勤劳的割麦人听我唱歌就津津有味，"蟋蟀道，"而且，他们是人类之国最有用的人，这你大概不想否认吧？"

"这点我确实不否认，"夜莺说，"可正因为如此，你不能由于得到他们的喝彩就感到骄傲。专心一意地劳动的诚实的人，绝不会有那样的闲情逸致。你还是先别为你的歌声自我陶醉，除非本身笛子就吹得很好的、无忧无虑的牧羊人也怀着欣喜，倾听你的歌唱。"

夜莺和秃鹫

一头秃鹫猛扑向一只正在唱歌的夜莺,说:

"你的歌声这么甜美,你的肉吃起来一定更美吧!"

秃鹫的话是恶毒的挖苦呢,还是头脑简单,我不知道。但昨天我听人说:"这位夫人的诗写得无与伦比,她绝不可能是个俏丽迷人的女性!"这才肯定是头脑简单!

勇武的狼

"我永远缅怀我的父亲,"一头小狼对狐狸说,"他是位真正的英雄啊!在附近一带,他叫谁见了都害怕!他一个一个地战胜了两百多个敌人,把它们黑色的灵魂送入了腐败的国度。可真奇怪,他最终竟然不得不败在一个敌人脚下!"

"你这是致悼词者的说法,"狐狸讲,"换成一位严谨的历史学家就会补充:他一个个战胜的敌人都是绵羊和毛驴,那个使他败北的敌人,就是他敢于去攻击的第一头公牛。"

凤　凰

许多个世纪过去了,凤凰又欣然回到世界上。它一露面,鸟兽们立刻将它团团围住。它们瞪着它瞧,它们惊讶不止,它们羡慕至极,还发出没完没了的赞叹。

可是不久,连最善良、最友爱的鸟兽也不忍再瞧它,叹息道:

"不幸的凤凰哟!残酷的命运使它没有爱人,也没有朋友。它是自己同类中唯一的一个!"

鹅

一只鹅有着令新雪羞愧的洁白羽毛。它为大自然这耀眼眩目的赏赐得意洋洋,竟以为自己生来是只天鹅,而不是平平凡凡的自己。它离开同类,孤独而高傲地在水池里游来游去。一会儿它伸直脖子,拼命想使这令它难堪的短家伙变得长起来;一会儿它又努力将脖子弯来扭去,想使它像天鹅——阿波罗①的神鸟一样优美无比。然而白费力气,它的脖子太僵硬,任随怎么使劲它仍然是一只可笑的鹅,没能变成天鹅。

---

① 阿波罗,希腊神话中的太阳神。——译注

橡树和猪

贪吃的猪在一棵高大的橡树下饱餐着从树上掉下来的橡实。它嘴里嚼着这一颗,眼睛已经盯着另一颗。

"忘恩负义的畜牲!"橡树终于冲下边吼起来,"你用我的果实养活自己,却连抬起头来感激地瞅我一眼都不肯。"

猪愣了愣,然后嘟嘟囔囔地答道:

"只要我知道你是为了我才让橡实掉下来的,就不会没有感激的目光。"

黄　　蜂

一匹战马在勇敢的骑士跨下被射死了。它那高贵的躯体已经溃烂，腐朽。生生不息的大自然总是利用一种动物的残骸，去繁衍另一种动物。于是从被遗弃的战马的腐尸内，飞出来一群小黄蜂。

"哦，"黄蜂们嚷道，"瞧咱们的出身多么神圣！这匹漂亮无比的骏马，尼普顿的宠驹①，是咱们的生育者。"

---

① 尼普顿，罗马神话中的海神。——译注

麻　　雀

一座曾经给麻雀们提供无数巢穴的老教堂进行了修缮。麻雀归来的时候,教堂已经面目一新。它们寻找自己的旧巢,却发现全被堵起来了。

"这幢大建筑还有什么用啊?"麻雀们嚷起来,"快走吧,快离开这没用的大石堆!"

鸵 鸟

"这下我就要高飞啦！"巨大的鸵鸟高声宣布。于是鸟国的全体居民都聚在它周围，认真地期待着。

"这下我就要高飞啦！"鸵鸟又宣布了一次，同时展开它那宽阔有力的羽翼往前一冲，然而它却像艘张着帆的船一样始终行进在地面上，未能离开大地一步。

瞧瞧那些缺少诗意的脑袋所产生的诗作吧！他们在自己那宏伟颂歌的一开头就自我吹嘘，就骄傲地振动翅膀，活像要飞上云霄似的，实际上呢却永远依恋着大地。

麻雀和鸵鸟

"你尽管为你身体的高大强壮骄傲好啦，"麻雀对鸵鸟说，"可是比起你来，我更算得上一只鸟。要知道你不能飞，我却能飞，虽说我飞得不高，虽说只是一窜一窜地飞。"

比起一首冗长而平淡的赫尔曼颂①的作者来，一位写快乐酒歌和爱情小诗的轻佻诗人更算得上天才。

---

① 以歌颂战胜罗马人的日耳曼统帅赫尔曼为内容的仿古诗。不少这类诗作带有民族主义情绪。——译注

狗

"瞧，咱们的族类在国内退化得有多厉害哟！"一只旅行归来的卷毛狗说，"在世界上一个遥远的地方，人们称那地方叫印度，那里才有真正的狗哪。我的兄弟们，你们不会相信我，可我确实亲眼见过这些狗，它们连狮子也不怕，还勇敢地向它挑战哩。"

"可是，"一条稳重的猎狗问卷毛狗，"它们也能够战胜它吗？战胜狮子吗？"

"战胜？"卷毛狗反问，"这话我可不敢说。不过嘛，请想一想，竟敢攻击狮子！"

"噢，"猎狗继续说，"如果不能战胜狮子，那么你称赞的印度狗——并不比咱们强一丁点儿，相反倒要愚蠢得多。"

狐狸和鹳

"给我讲讲你观光过的所有国家的情况吧。"狐狸对远游归来的鹳说。

鹳于是大讲它到过的一个个水洼，一片片湿润的草地，大讲它在那里享用过的美味的蚯蚓和肥胖的青蛙。

您在巴黎待过很长时间，我的先生。请问巴黎哪家餐馆最好？什么牌子的酒最对您的口味？

猫头鹰和掘宝者

掘宝者是个特不通情理的人。一次，他大胆潜入一座古老的强盗骑士宫堡的废墟，在那里看见一只猫头鹰抓住一只瘦老鼠正要吞食。"这怎么成？"他说，"密涅瓦①通达哲理的爱鸟怎能这样干？"

"为什么不能？"猫头鹰反问，"难道因为我爱深思默想，就可以喝西北风过活吗？尽管我知道，你们人类就这样要求你们的学者……"

---

① 密涅瓦，罗马神话中的智慧女神，即希腊神话中的雅典娜。——译注

小　燕

"你们在那里做啥呢？"小燕问忙忙碌碌的蚁群。

"我们在贮备食物准备过冬。"蚂蚁立即回答。

"这样做很聪明，"小燕说，"我也要照着干。"它说着就开始把大量的死蜘蛛和死苍蝇搬回窝里去。

"你这是干吗呀？"母燕终于忍不住问。

"干吗？贮藏起来度过寒冬呗，亲爱的妈妈。你也来搜集吧！是蚂蚁教我长了这个心眼儿。"

"噢，把这种小聪明留给地上的蚂蚁吧，"老燕回答，"对它们适合的，不见得就适合于高贵的燕子。慈蔼的大自然安排给我们的是更好的命运。一旦食物丰富的夏天过去了，我们便离开此地。在旅途中我们渐渐进入冬眠，将会有温暖的沼泽接纳我们。在那里我们将无忧无虑地静养，直到新的春天唤醒我们，让我们开始新的生活。"

美罗普斯

"我必须请教请教您,"一只小鹰对一头思想深刻、知识渊博的老雕说,"听说有一种叫美罗普斯的鸟,它飞向空中时总是尾巴朝上,脑袋朝下。是真的吗?"

"唉,没有的事!"老雕回答,"那是人们愚蠢的编造。他们可能自己就是这样的美罗普斯。他们想飞上天想到了极点,眼睛却又一刻也不肯离开地面。"

鹈　　鹕

对于成材的孩子,父母亲怎么关怀都不过分。反过来,一个慈爱的父亲为不成器的儿子呕心沥血,那么爱就变成愚蠢了。

一只慈祥的鹈鹕发现它的孩子们身体虚弱,就用利喙撕开自己的胸脯,拿自己的血去滋养它们。

"我赞赏你的慈爱,"一只老鹰大声对鹈鹕说,"同时可怜你瞎了眼。你不瞧瞧,在你孵化出来的孩子中,也有好些低贱的鸤鸠①哩!"

确实是这样,冷酷的鸤鸠也真把自己的蛋偷偷塞在了鹈鹕的羽翼下。忘恩负义的鸤鸠的生命,值得鹈鹕花如此高昂的代价去换取吗?

---

① 鸤鸠,古书上指布谷鸟。——译注

狮子和老虎

狮子和兔子都习惯于睁着眼睛睡觉。一天,狮子追逐猎物剧烈奔跑得累了,便睁着眼睡在它那可怕的洞穴的入口。

碰巧有一只老虎打前面跑过,它嘲笑起狮子睡觉不安稳来。

"好个无所畏惧的狮子!"老虎喊道,"睡觉时不是还睁着眼睛么?自然喽,跟兔子一个样嘛!"

"跟兔子一个样?"狮子一跃而起,咆哮着掐住了嘲笑者的咽喉。老虎在血泊中挣扎,泄了愤的狮子却又躺下睡它的觉去啦。

公牛和牡鹿

一头笨重的公牛和一只敏捷的牡鹿一道在草地上吃草。

"牡鹿,"公牛说,"要是狮子来攻击咱们,咱俩就团结一心,勇敢地抵抗它吧。"

"可别指望我这样做,"牡鹿回答,"既然逃走更加安全,我干吗冒险去与狮子做力量悬殊的较量呢?"

驴和狼

驴子碰见一头饿狼。

"同情同情我哟,"浑身颤抖的驴子说,"我是一头可怜的有病的驴子。你瞧瞧,多么大的一根刺扎进了我的脚掌里!"

"是呵,你怪可怜的,"狼回答说,"正因为如此,我从良心上感到有责任解除你的痛苦。"

话音未落,驴已被狼撕得粉碎。

棋盘上的马

两个男孩想下棋。因为缺少一匹马,他们就用一个多余的卒子做上记号代替。

"嗨,"其他马嚷嚷着,"哪儿来的,你这位走卒先生?"

男孩听了这些嘲讽话,厉声说:

"住嘴!它为我们出的力难道和你们有什么两样吗?"

伊索和驴

驴告诉伊索:

"你要是又用我写寓言,那就让我说一些富于理智和含义深刻的话吧。"

"让你说含义深刻的话!"伊索道,"那怎么行呢?人家岂不会讲,你变成了道德教师,我却变成驴子了吗?"

铜　　像

一尊出自某位杰出艺术家之子的铜像，让熊熊的烈焰熔化成了一块铜坯。铜坯落到另一位艺术家手中。这位艺术家凭着自己精湛的技艺，用它铸出了一尊新的铜像。与先前那尊相比，新铜像只是表现的对象不同，在艺术趣味和美的方面却毫无差别。

嫉妒见了恨得咬牙切齿。最后，它总算想出了一个聊以自慰的解释：

"要不是老铜像的材料让这位好人得心应手，他连这件十分差强人意的作品也休想弄出来。"

赫拉克勒斯①

赫拉克勒斯被接纳进了天庭。当着所有的神灵,他首先向朱诺致敬。整个天界和朱诺都对此感到惊讶。

"你怎么对你的敌人特别有礼貌?"好几位天神大声问他。

"是的,我就是要这样对她,"赫拉克勒斯回答,"因为她迫害我,才使我有机会完成那些业绩,赢得了升入天庭的权利。"

奥林匹斯的众神赞赏这位新伙伴的回答,朱诺也因此消解了对他的怨恨。

---

① 赫拉克勒斯系希腊神话中天神宙斯和王后阿尔克墨涅所生之子,因此受到天后朱诺的嫉恨和迫害。他力大无比,克服重重困难完成了12件伟业,终于也成了神。——译注

男孩和蛇

男孩在玩一条温驯的蛇。

"我可爱的小畜生,"男孩说,"要不是你的毒牙给拔掉了,我才不会跟你这样亲近哩。你们蛇都是些最凶残、最忘恩负义的东西!我读过一则寓言,讲一个贫穷的农夫出于怜悯,从篱笆上捡来一条冻僵的蛇揣在自己温暖的怀里,这条蛇也许就是你的祖先吧。可这凶恶的家伙刚一苏醒,立刻咬了它的恩人一口,善良的农夫就这样被毒死了。"

"我感到惊讶,"蛇说,"你们写寓言的人竟如此不公正!要让我们来写就完全是另一个样子。你那位善人以为蛇真已经冻死,加上那又是一条色彩艳丽的蛇,他就把它揣进怀中,准备回家去剥下美丽的蛇皮。难道不是这样吗?"

"呸,住嘴,"男孩反驳说,"没哪个忘恩负义的家伙找不到理由为自己开脱。"

"说得对,我的儿子,"在一旁听了这场争论的父亲抢过话头,"不过呢,当你听到一桩异乎寻常的忘恩负义的事例时,你可得先把全部情况都调查清楚,然后再给人家烙上那可憎的耻辱的印记。真正的行善者很少遇上忘恩负义之徒。是的,为了人类的荣誉，我希望自己永远不会遇上。反过来，那些怀有利己的小算盘的行善者，我的儿子，却活该受到别人忘恩负义的对待。"

垂死的狼

狼奄奄一息地躺在病床上,回顾着往事。

"我当然是一个罪人,"它说,"可我仍然希望自己不是罪大恶极的动物中的一个。我确实做过坏事,可好事也做了不少呀。记得有一次,一只迷途的羔羊咩咩地叫着打我旁边经过,隔得那么近,我简直就可以把它掐死。可我呢,却硬是连一根羊毛也没动它。就在这个时候,一头绵羊对我嘲笑谩骂,我同样宽宏大量,听之任之,虽然眼前并没有猎狗。"

"是的是的,我完全可以替你做证,"帮助料理后事的狐狸朋友插进来说,"而且我还清清楚楚地记得当时的全部细节哩。那正好是你给一根骨头卡得很痛苦的时候。这根骨头,后来还是好心的白鹤替你从喉咙里钳出来的。"

公牛和牛犊

强壮的公牛在挤进低矮的圈门时用角抵碎了门楣。

"看看吧,牧人!"一只牛犊叫起来,"我可不会给你闯这样的祸的。"

"要是你也能这样干,我就太高兴喽!"牧人回答。

牛犊和那些渺小的哲学家正好一个腔调。

"可恶的拜尔①!你以自己大胆的怀疑伤了多少正直之士的心啊!"他们说。

噢,先生们,如果你们人人都能成为拜尔,我们真非常乐意伤心伤心!

---

① 拜尔(Piere Bayle,1647—1708),法国启蒙思想家和哲学家。——译注

孔雀和乌鸦

一只骄傲的乌鸦用孔雀脱落的色彩斑斓的羽毛装扮自己。它以为装扮得挺不错了,便大胆地混进天后朱诺漂亮的鸟群中去,可是被认了出来。孔雀们立刻一拥而上,用利喙啄它,撕下了它身上骗人的装饰。

"够啦!"乌鸦终于嚷起来,"你们已收回你们的全部所有。"

可是孔雀发现乌鸦本身的翅膀上还长着几根漂亮羽毛,就说:

"住嘴,傻婆娘,这几根也不可能是你自己的!"孔雀一边说,一边不停地啄。

与驴为伍的雄狮

伊索的雄狮带着驴来到森林里,利用驴可怕的叫声帮助自己捕猎其他动物。一只自作聪明的乌鸦从树上冲着狮子喊:

"好一个漂亮伙计!你和一头驴走在一起,难道不害羞吗?"

"我用得着谁,我就恩准它和我在一起。"狮子回答。

所有大人物在抬举小人物,让他与他们为伍时,心里都是这么想的。

与雄狮为伍的驴

驴跟着伊索的雄狮走进森林,让雄狮把自己当作猎号。另一头与它相识的驴碰见它,对它喊:

"早上好,我的老哥!"

"不知羞耻!"它竟回答。

"干吗这样?"那头驴不肯罢休,"难道因为你跟狮子在一起,就比我优越?就不只是一头驴了吗?"

瞎母鸡

一只习惯扒地觅食的母鸡瞎了眼。尽管如此,它仍然勤勤恳恳,不停地扒呀扒呀。可对它这个勤劳的傻瓜又有什么好处呢?另一只明眼的母鸡珍惜自己娇嫩的脚爪,一直守在它身边,虽然从不扒地,却享受着扒地的成果。要知道瞎母鸡每扒出一粒粮食来,明眼母鸡立刻便吃掉了。

驴

驴们到宙斯面前诉苦,说人类对它们太残忍啦。

"我们强壮的脊背驮负他们的重荷,"驴说,"换上他们自己和任何虚弱一些的动物,都准会压垮的。不仅如此,他们还无情地鞭打我们,迫使我们快跑,就算大自然赋予了我们快跑的本领吧,在那重荷之下也快不起来不是。请您禁止人类这么恣意妄为,宙斯,要是他们也愿意改变改变自己的话。我们之所以还情愿替人类效劳,就因为您看来是为此而创造了我们的。只不过无缘无故地挨打,我们却不乐意。"

"我的造物,"宙斯回答驴的发言人说,"你们的请求并非没有道理。可是呢,我看也没有办法使人类相信,你们天生的缓慢不是在偷懒;只要他们还抱着这个成见,你们就只好永远挨打。不过我仍然想改善改善你们的命运,打眼下起,我就让你们变得感觉迟钝吧。你们的皮将会坚硬起来,不怕鞭打,反倒叫鞭打你们的人胳膊疼痛。"

"感谢宙斯!"驴们叫起来,"您真是永远仁慈和英明!"说完,它们高高兴兴地离开了宙斯的宝座——那施予众生博爱的宝座。

受保护的羔羊

狼犬希拉克斯守护着一只温驯的羔羊。里科得斯和它长得一样,毛皮、嘴巴和耳朵都更像狼,而不像狗。里科得斯一看见希拉克斯,就冲上前去。

"好你个狼!"里科得斯吼道,"你想把这只羊羔怎么样?"

"你自己才是狼!"希拉克斯回答。——两条狗都认错了对方。——"滚开!不然就让你知道,我是它的保护者!"

里科得斯想从希拉克斯手中强夺走羊羔,希拉克斯却死拽着不放。这样一来,可怜的羊羔——多么出色的保护者啊!——结果给撕得粉碎。

朱庇特①和阿波罗

朱庇特和阿波罗争论他俩谁是最好的射手。

"让咱们比试比试吧!"阿波罗提议。他说着便张开弓,一箭正中靶心,叫朱庇特根本不可能再超过。

"我看见了,"朱庇特说,"你射得确实很不错。要超过你我得费些气力。不过我还是想下一次再试试。"

聪明的朱庇特,他还要试一试!

---

① 朱庇特系罗马神话中的主神,相当于希腊神话里的宙斯。——译注

水　蛇

宙斯给青蛙们另立了一位国王,派贪馋的水蛇接替和善的木桩。

"您既然想做我们的国王,为什么还要吃掉我们?"青蛙们提出抗议。

"为什么?"水蛇回答说,"就因为是你们自己请求派我来的。"

"我可没有请求派您呀!"青蛙中有一个叫起来。

水蛇恶狠狠地瞪着它,像用眼睛就要吞掉它似的,说:"没有请求?那更好!我非得吃掉你不可,因为你没有请求派我来嘛。"

狐狸和脸壳

很久很久以前,狐狸捡到了一个张着大嘴的、空空的戏脸壳。

"这算个什么脑袋!"狐狸一边瞧,一边说,"没有脑子,嘴却张得大大的!这难道不是一个夸夸其谈者的脑袋吗?"

狐狸认出了你们,你们这些说不完道不尽的家伙,你们折磨着我们最纯真无邪的器官——耳朵。

乌鸦和狐狸

愤怒的园丁扔一块拌了毒的肉在地上,准备毒死邻居的几只猫。这块肉却让乌鸦给抓跑了。

乌鸦飞到一株老橡树上,正想吃那肉,这时狐狸踅了过来,对它喊道:

"您好啊,朱庇特的鸟儿!"

"你当我是谁来着?"乌鸦问。

"当您是谁?"狐狸反问,"难道您不是那只雄鹰?不是您每天从宙斯的右边肩膀飞来这株橡树上,施舍食物给我这可怜虫吗?您干吗装作不是的样子呢?在您那战无不胜的爪子里,您以为我没看见,是您主人派您继续送给我的赏赐物吗?"

乌鸦吃了一惊,心里却暗暗为自己被当成了雄鹰而感到高兴。"我绝不能让狐狸省悟过来。"它想,于是就大度而愚蠢地将赃物丢给狐狸,骄傲地飞走了。

狐狸笑着接住了肉,得意忘形地大嚼起来。可没过一会儿,得意变成痛楚:毒药发作啦,狐狸丢掉了老命。

可诅咒的马屁精,但愿你用阿谀奉承换来的,永远只是毒药。

吝啬鬼

"我真是不幸啊！"一个吝啬鬼对他的邻居叫苦抱怨，"夜里有人把我埋在花园里的财宝给挖走啦，在原来的地方埋了一块该死的石头。"

"你反正不会用你那些财宝，"邻居回答说，"你就把那块石头想象成财宝吧。这样，你也就一个钱没有丢。"

"要是我真的一个钱没有丢，"吝啬鬼驳斥说，"那小子不就一个钱没弄到吗？事实上他发了大财！我真气得发疯。"

乌　鸦

狐狸看见乌鸦偷食神坛上的供品，过着寄生生活，于是暗想：

"我倒要搞清楚，它乌鸦因为是一只能预言未来的鸟，才得以分享供品呢，还是因为它竟然恬不知耻地分食神的供品，才被当作了能预言未来的鸟。"

宙斯和绵羊

绵羊不得不忍受所有动物的欺凌。它于是来到宙斯跟前,请求宙斯减轻它的苦难。

宙斯看上去挺乐意,对绵羊说:

"我温驯的造物,看起来,我是把你造得太缺少自卫能力啦。这样吧,你来选择一种克服这个缺点的办法。让我在你嘴里装上可怕的獠牙,在你脚上装上尖利的爪子好不好?"

"噢,不",绵羊回答," 我完全不想跟那些猛兽一个样子。"

"要不,就让我给你的唾液加进毒素吧?"宙斯继续说。

"唉!"绵羊道,"毒蛇才叫遭人恨呐!"

"那可叫我怎么办?我想在你额头安上角,并且让你的脖子变得强劲起来。"

"也不要,仁慈的父亲。那么一来,我就很容易变得像山羊一样好斗。"

"可是,"宙斯说,"你想要保护自己不受别的动物伤害,就必须有伤害别的动物的能力。"

"你说我必须!"绵羊叹了口气,说,"唉,仁慈的父亲啊,那就让我还是老样子吧。因为我担心，伤害别的动物的能力，会唤起伤害别的动物的欲望，与其去行不义不如忍受不义。"

宙斯祝福了温驯的绵羊。从此，绵羊便忘记了诉苦抱怨。

狐狸和老虎

狐狸对老虎说：

"我真希望能像你那样身强力壮，跑得飞快。"

"除此以外我再没什么令你羡慕了吗？"老虎问。

"什么也没有！"

"连我美丽的皮毛也不羡慕吗？"老虎继续问，"它可跟你的内心一样花哨呀，它会使你表里如一，对你再适合不过。"

"正因此我才敬谢不敏喽，"狐狸回答，"我就是不愿显露本相。相反，我倒巴不得上帝把我的皮毛换成羽翎哩。"

人和狗

一个人被狗咬了,盛怒之下打死了那条狗。他的伤势看上去挺危险,只好请医生诊治。

"我知道的最好办法是拿一块面包在伤口里浸一浸,然后扔给咬你的狗吃,"凭老经验办事的医生说,"要是这种感应疗法都不生效,那可就……"说到这里,他耸了耸肩膀。

"该死的盛怒呀!"被狗咬伤的人叫了起来,"这法子不会有效了,因为我已经把狗打死了。"

葡　　萄

我认识一位诗人。他那一班渺小的模仿者为他大吹大擂，给他造成了远比嫉妒和蔑视他的批评者多得多的伤害。

"那不过是些酸家伙罢啦！"狐狸蹦跳了好久仍然摘不着葡萄，就说。

它的话让麻雀听见了。麻雀道：

"你说这些葡萄是酸的吗？我看才不哩！"说着就飞过去吃起来。它觉得味道甜极了，于是喊来成百好吃零嘴儿的兄弟。"快尝尝！"它喊道，"快尝尝！这么甜美的葡萄，狐狸竟骂它是酸的。"

大伙儿都吃起来。不多一会儿，葡萄架一片狼藉，再也没狐狸在下面蹦来跳去了。

狐　狸

　　一只被追赶的狐狸逃上了墙。为了安全地跳到另一边的地上去，它抓住墙跟前一棵带刺的灌木。顺着这灌木，它成功地溜了下去，只不过刺把它扎得很痛。

　　"可悲的救助者！"狐狸吼道，"你们非得在救人的同时伤害人吗！"

绵　　羊

朱庇特庆祝结婚纪念日，动物们纷纷送来贺礼，唯独不见绵羊到来，朱诺心里挺不高兴。

"绵羊跑到哪里去了？"女神问道，"虔诚的绵羊为什么还不送来它的礼物？"

狗接过话头说："天后息怒！我今天还见过绵羊。它样子很悲伤，老是咩咩地叹气。"

"绵羊它干吗叹气呢？"已经受了感动的女神问。

"'我这个穷光蛋呵！'它说，'我现在既没有毛，也没有奶，叫我拿什么送给朱庇特好呢？我不如去找牧人，请他把我宰了献给朱庇特吧。'"

说话间，一股甜美的香味儿钻进朱庇特的鼻孔，原来是已经成了供品的羊肉的香味，随着牧人的祈祷一起飘上天来了。

倘使泪水也能沾湿她那不朽的眼睛，天后朱诺此刻该是热泪盈眶了吧。

山　羊

山羊请求宙斯也让它们长角。这就是说,当初山羊头上是没有角的。

"好好考虑考虑你们的请求吧,"宙斯说,"和角这份礼物不可分割地连在一起的,还有一点别的什么,它未必会令你们满意哩。"

可是山羊坚持自己的请求,宙斯于是说:

"那你们就长出角来吧!"

山羊真长出了角——还有胡子!要知道,当初山羊也没有胡子。噢,这丑陋的胡子多么令它们难过哟!难过得山羊完全忘记了那高傲的角所带来的喜悦!

野苹果树

在一棵野苹果树空空的树干里,住着一群蜜蜂。它们使树干藏满了珍贵的蜂蜜,野苹果树因此骄傲起来,再也瞧不起任何别的树。

一棵玫瑰冲它喊道:

"为借来的甜蜜而骄傲,可悲!你的果实难道因此就不那么酸涩了吗?有本事,就让蜂蜜长进你的果实里去,那样人们才会祝福你!"

鹿和狐狸

鹿对狐狸说：

"这下咱们弱小动物该倒霉啦！狮子和狼勾结在了一起。"

"和狼吗？"狐狸问，"那还不要紧！狮子爱吼，狼爱嗥叫，你们一听见常常还来得及逃掉。要是什么时候强大的狮子想到和鬼鬼祟祟的山猫勾结起来，那才真要咱们大伙儿的命。"

荆　棘

"告诉我好不好,你干吗对过路人的衣服那样贪婪?"杨柳问荆棘,"你想拿它们来干什么?它们对你有何用处?"

"毫无用处!"荆棘回答,"我也并不想夺取路人的衣服,我只是想撕破它们而已。"

复仇女神

普鲁托①对神的使者说：

"我的复仇女神都已经又老又迟钝，我需要新的。去吧，墨丘利②，去世上给我选三个能干的女性来。"

墨丘利去了。

在那之后不久，朱诺也对她的使女说：

"伊丽丝，你相信在凡人中能找出两三个严守贞操和德行的姑娘来吗？要严守贞操！懂不懂？茜塞恩③夸口说整个女性都让她征服了，我偏要找几个来叫她好看。给我走遍天涯海角，直到找着她们。"

伊丽丝也来到了世上。

地球上有哪个角落忠诚的伊丽丝不曾寻找过啊！然而白费工夫！她独自一个回到天上，朱诺冲着她大喊："怎么会呢？呵，贞操！呵，德行！"

"报告女神，"伊丽丝回答，"本来我是可以给您带来三位姑

---

① 普鲁托，罗马神话中的冥王。——译注
② 墨丘利，罗马神话中的神使。——译注
③ 茜塞恩，爱神维纳斯的别称。——译注

娘，三位完全严守贞操和德行的姑娘，她们全都一辈子没对任何男人微笑过，全都没让心中燃起过哪怕一点点爱情的火星。可是很遗憾，我去晚了。"

"去晚了？"朱诺问，"怎么回事？"

"正好让墨丘利替普鲁托先挑走了。"

"普鲁托？他要这些守贞操的女子来做什么？"

"做复仇女神。"

提莱西阿斯

提莱西阿斯①拄着杖在野外行走。他信步走进了一座圣林。在林中的一个三岔路口,他看见两条蛇在交尾,便举起手杖来打那热恋的一对儿。这下可出奇迹啦!他的手杖一碰着蛇,提莱西阿斯自己就已变成一个女人。

九个月后,女的提莱西阿斯又穿过那座圣林,在同一个三岔路口,她这次看见两条蛇在缠斗。提莱西阿斯再次举起手杖,朝那对势不两立的仇敌打去,瞧——真是奇迹!手杖刚一把缠斗的蛇分开,女的提莱西阿斯马上还原成了男人。

---

① 提莱西阿斯,荷马史诗中的盲先知。——译注

密涅瓦

别理睬你因不断增长的荣誉而出现的那班渺小而心怀恶意的嫉妒者，朋友！你干吗要用你的才智，去使他们本该被遗忘的名字永世不朽呢？

在巨人族反对众神的荒唐战争中，巨人们放出一条恶龙去咬密涅瓦。密涅瓦却一把将龙抓住，猛地把它甩上了天空。如今，龙还在天上闪闪发光。这样，本来是对龙的惩罚，却成了对它的奖赏，真令人羡慕。

弓的主人

一个人有一张挺不错的乌木硬弓。用这张弓，他射得既远又准。因此他非常珍惜这张弓。可是有一天，他仔细地观察了弓以后，说：

"你确实粗笨了点！光溜溜的，没有任何装饰。遗憾！——不过嘛，也有办法补救。"他想："我要去找最杰出的雕刻家，请他在弓上刻一些图案。"

他果真去了，请雕刻家在他弓上刻了一幅完整的狩猎图。还有什么比一幅狩猎图更适合于刻在弓上呢？

弓的主人满心欢喜："你就该有这样的装饰，我亲爱的弓！"他想试用一下，于是将弓拉开，而弓却——断了。

夜莺和云雀

对那些喜欢天马行空、完全不为绝大多数读者理解的诗人,我们该说什么好呢?

没什么好说的,只有夜莺曾经对云雀说过的这句话:

"朋友,你飞得那么高,难道就是为了不让人听见你唱歌吗?"

所罗门显灵

一个诚实的老人忍受着正午的酷热，亲手在自己地里耕作，亲手将纯净的种子撒进疏松肥沃的泥土里。

蓦地，在一棵菩提树宽阔的树荫下，出现了一个幽灵，惊得老人一下子愣住啦！

"我是所罗门①，"幽灵语气亲切地说，"你在这里干什么，老人家？"

"你要是所罗门，还问什么？"老人反问，"在我年轻的时候，是你自己叫我去蚂蚁那里，看它们忙忙碌碌干活儿，学习它们勤奋和积攒东西的本领，那时怎么学的，我现在还怎么干。"

"可你只学了个半吊子，"幽灵回答，"再上蚂蚁那里去一次，也学学它们在生命的冬天如何休息，并且享受自己的积蓄吧。"

---

① 所罗门（Solomon，约公元前970—前931在位）为古代以色列国王，以智慧著称。——译注

仙女的礼物

两位仁慈的仙女来到一个小王子的摇篮边。这位王子将来会成为自己王国最伟大的统治者。

"我送给我这个宠儿雄鹰般犀利的目光,"一位仙女说,"在他广大的国土上,将来连最小的蚊虫也休想逃过他的眼睛。"

"你这礼物好极了,"另一位仙女打断她的话,"王子会成为一位富有远见卓识的君主。不过嘛,鹰不仅拥有看得见最小蚊虫的犀利目光,还有不屑于追逐小小蚊虫的高傲。就让王子从我这里得到这另一份礼物吧!"

"我感谢你,姊姊,感谢你这聪明的限定,"第一位仙女说,"可不是吗?许多国王原本会伟大得多,要是他们不经常纡尊降贵,以他们的远见卓识去管那些琐屑的小事的话。"

绵羊和燕子

燕子飞到一头绵羊身上,打算拔一些羊毛去铺它的窝。绵羊跳过来跳过去,非常不乐意。

"干吗对我这么吝啬呀?"燕子问,"你就允许牧人把你身上的毛通通剪光,却连一小撮毛都不肯给我。为什么呢?"

"为什么?"绵羊回答,"就因为你不懂得像牧人那样好好从我身上取毛。"

乌　鸦

乌鸦发现鹰孵卵孵了整整三十天。它说：

"原来如此！小鹰的目光犀利，身体健壮，原因无疑就在这里。好的！我也要如法炮制。"

从那以后，乌鸦真的就花整整三十天来孵卵啦。可是它孵出来的，仍旧是一些可怜的小乌鸦。

动物界的等级之争

——寓言四则

1

为了分出个谁高谁低,动物之间发生了激烈的争论。

"那就请人来帮助做评判吧,"马说,"他不是争论的当事者,准会不偏不倚。"

"可他也有足够的智慧吗?"鼹鼠提出异议,"他确实需要头脑十分敏锐,才能认识到我们身上那些常常是深藏不露的美德啊。"

"说得对极了!"土拨鼠赶紧附和。

"是的是的!"刺猬也嚷起来,"我绝不相信人有足够的判断力。"

"你们给我住嘴!"马命令道,"我们清楚得很:谁对自己的事情最没有把握,谁就动辄怀疑裁判的判断力。"

2

人于是当上了裁判。

"还有一句话，"威严的狮子冲人吼道，"在你做出评判之前我得问一问！人，你打算依据什么来确定我们的价值呢？"

"依据什么？毫无疑问是依据你们对我的用处的多寡呀。"人回答。

"好极啦！"狮子感觉受了侮辱，悻悻地说，"如此一来，我不知要低驴子多少等喽！你不配当我们的裁判，人！快给我离开会场！"

3

人离开了。

"喏，你瞧怎么样，马？"鼹鼠幸灾乐祸地说——土拨鼠和刺猬又一起附和着它说，"狮子也认为人不配做我们的裁判。狮子的看法和咱们一样。"

"可是理由比你们高尚！"狮子轻蔑地瞥了它们一眼说。

4

狮子继续说道：

"我认真想了想，咱们关于等级高低的争论十分无聊！无论你们说我高贵也好，低贱也好，在我都一个样。我自己了解自己，这就够啦！"说完，狮子便走出了会场。

紧跟着狮子走的是聪明的大象、勇敢的老虎、庄重的棕熊、机灵的狐狸、高贵的骏马，一句话，所有感觉到或者自以为感受到自身价值的动物，通通都走了。

落在最后并且对会议半途而废最有怨言的，是猴子和驴。

熊和象

"那些不通情理的人哟！"熊对象说，"哪样事情他们不曾带着我们这些高等动物干过！？我，庄重的熊，竟不得不和着音乐跳舞！而且他们明明知道，这种玩意儿和我高贵的身份极不相称，要不，他们干吗一见我跳舞就发笑呢？"

"我也和着音乐跳舞，"明达的象回答说，"而且我相信，我也像你一样庄重，一样高贵。可是他们从不笑我，而只在脸上露出欣喜的赞赏。相信我吧，熊老弟，人们不是笑你跳舞，而是笑你跳起来笨拙的模样。"

鸵 鸟

跑得像箭一样快的驯鹿看着鸵鸟,说:

"鸵鸟跑得并不多么出色。不过,毫无疑问,它飞起来一定更像个样子。"

另一次,鹰看见鸵鸟,说:

"鸵鸟看来并不会飞,不过我相信,它一定很善跑。"

善 行
——寓言两则

1

"在动物中间,你知道还有比我们更伟大的慈善家吗?"蜜蜂问人。

"有!"人回答。

"那么是谁呢?"

"绵羊!因为它的毛为我所必需,而你的蜜只能给我享受而已。"

2

"你想不想知道,我还有一个理由把绵羊看作是比你蜜蜂更伟大的慈善家?绵羊把自己的毛送给我,却不给我造成一点点麻烦。而你呢,在送我蜜时老让我担心你的刺。"

橡　　树

在一个风暴之夜，狂怒的北风在一株高大的橡树身上显示了它的威力。而今，橡树倒在了地上，一大片小灌木被它的身躯压得七零八落。清晨，狐狸从它那位于不远处的洞穴中爬出来，看见橡树后发出惊叹道：

"好了不起的一棵树啊！我从来没想到它会这么高大！"

老狼的故事
——寓言七则

1

凶残的狼上了年纪,打定主意要和牧人们友好相处啦。它立刻上了路,去找离它洞穴最近的那群羊的牧羊人。

"牧羊人,"它说,"你称我为嗜血成性的强盗,其实我才不是哩。诚然,当我饿了的时候,我不得不吃你的绵羊,要知道,饥饿是很难受的啊。你只要保证我不挨饿,只要把我喂得饱饱的,我就一定让你很满意。要知道,我在吃饱的时候,确确实实是再温驯、再善良不过的动物啦。"

"你在吃饱的时候?那完全可能,"牧羊人回答,"可是什么时候你才会饱呢?你那么贪得无厌,从不知足。还是给我滚开吧!"

2

遭到拒斥的老狼去找第二个牧羊人。

"你知道的,牧羊人,"它开始说,"我一年总要吃掉你好些羊。要是你肯干脆每年送六只羊给我，我就心满意足啦。这一来你就可以睡上安稳觉，狗也可以放心大胆不养喽。"

"六只羊？"牧羊人问，"那可是整整一群啊！"

"好好好，因为是你，我就减少到五只吧。"狼说。

"开玩笑，五只！我一年到头送给潘恩①的牺牲还不到五只哩。"

"四只也不行吗？"狼继续问。牧羊人讥讽地摇着脑袋。

"三只？——两只？——"

"一只也休想，"牧羊人终于回答，"因为，对于一个凭自己的警惕就足以防范的敌人，我还承诺向它纳税进贡，那就太愚蠢了。"

3

"好事总是成三。"老狼想，于是走到第三个牧羊人那里。

"真叫我难过，"它说，"我在你们牧羊人中间竟背了个最残忍、最没良心的动物的骂名。对你，蒙唐兄，我要马上证明我有多么冤枉。你每年给我一只羊，我就让你的羊群自由自在、平平安安地在我那片林子里吃草；因为除了我，那地方再没谁值得担心了。一只羊！多么微不足道！难道我还不够大度，不够无私吗？——你笑，牧羊人？你到底笑什么？"

"噢，没什么！可你多大年纪了呢，好朋友？"牧羊人问。

---

① 潘恩为希腊神话中的森林和畜牧之神。——译注

"我的年纪跟你有什么关系？反正还没老到连你那些可爱的小羊羔都咬不死的程度。"

"别发火，老狼先生！我感到遗憾的是，你来提你这个建议晚了几年。你那残缺不全的牙齿出卖了你。你装出大度无私的样子，只不过是想更舒服地填饱肚子而又少担些风险罢了。"

4

老狼气急败坏，可仍然耐着性子，去找第四个牧羊人。这个牧羊人忠心耿耿的狗刚好死了，狼便想利用这个机会。

"牧羊人，"它说，"我和自己在森林里的那些兄弟们闹翻了，决心一辈子不再跟它们和好。你清楚你有多么害怕它们！可你要是让我来接替你那死去了的狗的差使，我就向你担保，它们再也不敢哪怕只是斜着眼睛瞅一瞅你的羊群。"

"你的意思是，你愿意保护我的羊不受你森林中的兄弟侵犯喽？"牧羊人问。

"那是自然，还会有什么别的意思？"

"这倒不坏！可是呢，如果我把你安排到我的羊群里去，那么请告诉我，谁又来保护我那些可怜的羔羊不受你的侵犯呢？为了防范屋子外边的贼而请一个贼进家里来，这种事咱们人认为是……"

"够啦够啦，"狼说，"你开始说教了。再见！"

5

"我要不是这么老,哼!"狼咬牙切齿,说,"不过我得顺应时势,遗憾。"说着,它已到了第五个牧羊人那里。

"你认识我吗,牧羊人?"狼问。

"你这类家伙我还能不认识?"牧羊人回答。

"我这类?这我可就太怀疑了。我可是一只非常非常特别的狼,有资格享有你和所有牧羊人的友谊。"

"你究竟特别在什么地方呢?"

"我从来不忍心咬死和吃掉活羊,即使我饿得要命。我只用死羊来养活自己,这难道不值得称赞吗?所以请允许我不时地到你的羊群中去待一待,好了解一下你的……"

"少废话!"牧羊人打断它,"要是你不想我成为你的敌人,那你就压根儿别吃羊,连死羊也一样。一头动物,它既然能吃我的死羊,便很容易学会一饿肚子就将病羊当作死羊,将好羊当作病羊的。别指望跟我交朋友了,滚吧!"

6

"这下我就得使出我的绝招,以便达到目的!"老狼一边想,一边来到第六个牧羊人那里。

"牧羊人,你觉得我这张皮怎么样?"它问。

"你的皮？"牧羊人说，"让我瞧瞧！挺美的，你让狗咬的次数想必不多。"

"那我告诉你，牧羊人，我老了，不会再活多久啦。喂养我到死吧，我把我的皮遗赠给你。"

"哎，瞧瞧！"牧羊人回答，"你简直比老啬鬼还精哪！不，不，要是那样，到头来我付的代价将是这张皮的七八倍。要是你当真想送点什么给我，那就现在拿来吧。"说着，牧羊人已伸手去抓棍子，老狼只好溜走。

7

"哦，这些家伙真狠心！"老狼狂叫着，怒不可遏，"既然这样，我就宁肯至死与他们为敌，免得给活活饿死，他们反正不希望有更好的了结。"

狼立刻行动，闯进一个个牧羊人的家里，咬死了他们的孩子。为了打死它，牧羊人也费了老大的劲儿。

这时候，牧羊人中最聪明的一个说：

"看来啊，咱们犯了错误，不该逼这老强盗走上绝路，剥夺它所有改过的机会，尽管它改过出于被迫，而且还嫌太晚。"

鼠

一只富于哲学头脑的老鼠赞美仁慈的大自然,说大自然把鼠类创造成了一种能够长存世间的优秀动物。

"因为本家族的一半都从她那里得到了翅膀,"老鼠说,"即使我们在地上全都给猫吃掉了,大自然也可以让蝙蝠轻而易举地再繁衍出我们这个被灭绝的族类来。"

这只憨厚的老鼠不知道,世间也有长着翅膀的猫哩。我们的骄傲,多半都出于我们的无知。

燕　子

相信我吧，朋友们，广大的世界不适合于智者，不适合于诗人！他们不了解世界真正的价值，唉！他们经常愚蠢到拿这种价值去换取一些毫无价值的东西。

远古时代，燕子像夜莺一样，也曾经是只嗓音悦耳、歌喉婉转的鸟儿。可它很快就厌倦了在幽寂丛林中的生活，因为那里除去勤劳的农夫和纯朴的牧羊女，就再没谁来聆听和欣赏它唱歌。它离开自己更有耐性的女友，搬进了城里。结果怎样？由于城里的人没工夫听燕子美妙的歌曲，它就渐渐丢掉了唱歌的本领，而学会了——筑巢。

鹰

有人问鹰：

"你干吗总是在高高的空中教育你的孩子？"

鹰回答：

"要是我在离地面不远的低处教育它们，它们长大以后还有勇气去接近太阳吗？"

幼鹿和老鹿

仁慈的大自然让一只老鹿活了好几个世纪。一天,它对它的一个孙子说:

"我还能清清楚楚地回忆起过去的时代,那会儿人类还没有发明雷鸣般的火铳。"

"对于我们这个族类,那该是何等幸福的时光啊!"孙子感叹道。

"别匆匆忙忙下结论!"老鹿说,"那个时代是不一样,但未必更好。人们那会儿没有火铳,却有弓箭,咱们的日子和现在一样不好过。"

孔雀和公鸡

有一次,孔雀对母鸡说:

"瞧瞧吧,你的公鸡走来走去多么骄傲,多么趾高气扬!可人们并不讲'骄傲的公鸡',却总是讲'骄傲的孔雀'。"

"人们这样做,只是因为他们忽视了一种理由充足的骄傲。"母鸡回答说,"公鸡骄傲是因为它富有警惕性和男子气概,而你又凭什么骄傲呢?——仅凭五颜六色的羽毛。"

鹿

大自然让一头鹿长得异乎寻常地高大,并且在脖子上披挂着长长的毛。鹿于是心里想:"你完全可以让人把你当成一头驼鹿啦。"为了冒充驼鹿,这个爱虚荣的家伙又干了什么呢?它悲哀地低垂着头,装出经常性情暴躁的样子。

一些可笑的纨绔子弟经常以为,他们要是不抱怨脑袋疼或得了抑郁症,人家就不会当他们是才子。

鹰和狐狸

"不要为你那飞行的本领洋洋得意！"狐狸对鹰说，"要知道你飞得那么高，不过是为了能找到更远处的死尸罢啦。"

我也认识一些人，他们使自己博学多才，世界闻名，但是并非出于对真理的热爱，而只是贪图一个收入丰厚的教授职位。

牧羊人和夜莺

缪斯的宠儿,你在为帕尔纳斯山①上那伙讨厌鬼的大声喧嚣气恼么?噢,听我告诉你夜莺曾经不得不听的话吧。

"快唱啊,亲爱的夜莺!"在一个迷人的春夜里,牧羊人向默不作声的歌手喊道。

"唉,"夜莺回答,"青蛙们聒噪得这么厉害,我的兴致全没了。你难道没听见?"

"我当然听见了,"牧羊人说,"可坏就坏在你的沉默,不然我哪里会听见它们!"

---

① 希腊山名。在希腊神话中为缪斯和诗人的聚居地,因而成为诗坛的代称。——译注

鹰　隼

　　在世界上,这个人的幸福可能就是那个人的不幸。"一个古老的真理。"有人会讲。可这个真理挺重要,值得用一则新的寓言进行解释,我回答说。
　　一只嗜血的鹰隼发现一对正在亲亲热热谈恋爱的鸽子,便箭一般地尾随着两个无辜的情侣追去。眼看着鹰离自己已经那么近,这对恋人相信必死无疑,已在相互情意绵绵地说着诀别的话。不想鹰隼突然从高空往下瞥了一眼,发现下边有一只兔子。于是它忘记了鸽子,猛地一个俯冲窜到地面,逮住了对它来说是更加肥美的食物。

自然主义者

有个人背熟了整个自然界的名字,说得出每一种植物以及危害这种植物的每一种害虫的名称,乃至于它们各式各样的别名。他整天搜集石头,追捕蝴蝶,并像科学家那样无动于衷地将他的猎物钉起来,做成标本。这样一个人,这样一个自然主义者(他们喜欢听见人家称他们为自然研究家)有一天穿过森林,终于在一处蚂蚁窝旁边停了下来。他动手在窝里翻来翻去,检阅蚂蚁们搜集的食物,观察它们的卵,并且把其中的几个放在他的显微镜底下细细地看,一句话,他在这个勤勉和谨慎的国度里造成了极大的混乱。

终于,有一只蚂蚁大起胆子和他搭腔,说:

"你该不就是所罗门派到我们这里来长见识,学习我们勤奋工作的懒汉中的一个吧?"

愚蠢的蚂蚁啊,竟将自然主义者当成了懒汉。

狼和羊

羊口渴了,来到小河边。出于同样的原因,对岸又来了一头狼。有河水隔着,羊觉得安全,便存心要挖苦一下狼,于是冲着河那边的强盗大声喊道:

"狼先生,我该没有弄浑你的水吧?仔细瞧瞧我,看我是不是六周前在背后骂过你呀?我没骂,至少我爸爸也骂过不是?"

狼明白羊的讥讽。它望着宽宽的河面,咬牙切齿。

"算你运气,"它回答说,"咱们狼已经习惯了对你们羊耐心又和蔼。"说完,狼大摇大摆地走了。

饥饿的狐狸

"我真叫生不逢时啊!"一只小狐狸对一只老狐狸抱怨说,"我的计谋几乎总是不成功。"

"你会成功的,毫无疑问,"老狐狸道,"不过告诉我,你啥时候制定过你的计谋来着?"

"啥时候?都是肚子饿了的时候呗。"

"你肚子饿了的时候?"老狐狸接着说,"对啦,问题就在这里!饥饿和周密考虑从来走不到一起。你将来要趁肚子饱饱的时候制定计谋,这样子结果才会好些。"

诗体寓言

麻雀和田鼠

麻雀对田鼠说:"瞧,那里站着一只鹰!
赶紧瞧瞧吧,它已经振动翅膀,
准备进行勇敢的飞行,
翱翔太空,与太阳和闪电亲近!
咱俩打个赌:我尽管样子不像雄鹰,
却和它一样善于飞行。"
"飞吧,牛皮匠!"田鼠大声道。
说话间雄鹰已振翅高飞,麻雀也
大胆跟进。
它俩刚飞到树梢已越出田鼠的视野。
愚蠢的近视者于是得出结论:
啊,它俩的飞行本领同样高明。

* * *

顽强的F君想唱得如弥尔顿豪迈[①]——
他成功与否得看裁判选的是什么人。

[①] F君指莱辛同时代的德国诗人F.克洛卜斯托克(1724—1803);弥尔顿(1608—1674),英国杰出诗人。克洛卜斯托克模仿其《失乐园》创作了《救世主》,虽缺少弥尔顿式的革命热情却受到当时一些评论家的吹捧,莱辛不以为然。——译注

鹰和猫头鹰

朱庇特的鹰和帕拉斯的猫头鹰①
发生了争论。
"讨厌的夜游神!"——"谦虚点吧,
我倒想问一问:
我和你同样托庇于天空,
凭什么你自视高我一等?"
鹰说:"不错,咱俩都生活在天上,
可是也有一点不一样——
我全靠自己飞来飞去,
你却离不开女神的翅膀。"

---

① 帕拉斯即希腊神话中的智慧女神雅典娜和罗马神话中的密涅瓦。她肩上老带着一只猫头鹰。——译注

会跳舞的熊

一头会跳舞的熊挣脱锁链,
重新回到了森林里。
它习惯地用后脚立起来,
为同类表演它的拿手好戏。
"瞧瞧",它大声道,"这就是艺术,
这就是从人世学来的技艺!
跟着跳吧,要是你们能够并且欢喜!"
"滚",一头老熊咆哮起来,
"这样的艺术只显示你的卑鄙和奴性,
哪怕它多么难学,
哪怕它如此稀奇。"
  *   *   *
一位显赫的廷臣,
一个善于谄媚弄权
然而缺才少德的人,
他窃取了君主的宠信,
阿谀逢迎,平步青云。
这样一个廷臣,一个大人物,
是该受赞扬呢,还是受批评?

鹿和狐狸

"鹿啊,真的,我不理解你,"
我听见狐狸对鹿讲,
"为何你那么缺少勇气?
瞧一瞧,你身体多魁梧!
难道说你还会没气力?
再大再壮的狗,你用角
一戳就可以将它戳死。
我们狐狸软弱,总还可以原谅,
因为我们确实无力还击。
然而一头鹿,事情明摆着,
绝不应该退让。请听我的结论:
谁要是比敌人更加强壮,
谁就无须一见敌人就逃避。
朋友,你比那些狗强壮得多,
所以绝对不可一见狗就逃逸。"
"是啊,我一直考虑不周。
从今往后,"鹿说,"我将坚定不移。
就算是狗和猎人一起进攻我,

我也决心对他们进行抗击。"
可真倒霉：近旁就有一群
带着狗的狄安娜①的仆人。
狗吠起来，森林立刻发出回响，
弱小的狐狸和魁梧的鹿一样
转眼间已逃得不见踪迹。

　　*　　*　　*

本性的自然流露永远多于表白。

---

① 狄安娜，罗马神话中的狩猎女神。——译注

太　阳

那个赐予我们白昼的星球说:
"嗨,诗人,学习学习我们的言语吧!
难道我们还必须绞尽脑汁,
如果你给我们讲一些琐事,
并且用愚蠢的寓言折磨我们?"

那好吧!于是太阳遭到反问:
被表面假象蒙蔽的世人,
竟认为巨大的太阳的直径
仅仅只有一拃长,
这难道不令它自己痛心?

"我该为此伤心吗?"太阳问,
"世人是谁,这么想的是什么人?
一群瞎眼的蛆虫!只要那些智者
在追求真理的幽暗道路上
能分清现象与本质,了解

我的真情,就足以令我高兴!"

　　＊　　＊　　＊

诗人们呵,我们的热情和智慧
为愚众迟钝的目光视而不见,
读者的冷漠和轻视令你们难过,
那就学习学习太阳的自满自信吧!

模范夫妻

我要歌颂一个罕见的典范,
全世界听了都会感到惊奇。
人人都错了,人人却相信:
天下夫妻哪有不吵架、扯皮?

我见过一对夫妻典范的典范,
他俩宁静得像最宁静的夏夜。
噢!没有谁见过他们,
会骂我是在胡扯瞎编!

虽说妻子不是什么天使,
丈夫也并非什么圣者,
各人都有自己的缺陷,
并没有谁身上全是美德。

要是有个俏皮鬼问我,
怎么会出现这种奇迹?
那就让我回答他吧:
丈夫是聋子,妻子是瞎子。

秘　　密

汉斯去见神父,
向他忏悔自己的罪孽。
汉斯既年轻,又无名,
是个呆头傻脑的年轻人。

神父留神听着。汉斯忏悔的不多。
他又有什么好忏悔呢?
他不知什么罪过,倒挺会玩乐。
玩乐无伤大雅,用不着忏悔。
"喏,就这点儿么?"神父问,
"难道你再想不起什么要说?"
"神父大人,别的一点……"
"再没有一点别的什么?"
"真的没有,以我的名誉担保!"
"你一点不再承认?这可不好!
罪孽这样少?汉斯,你得认真思考。"
"唉,大人,经您严加追问,

我好像又想起了什么。"
"嗯？快讲！"
"是的，这个，
神父大人，叫我无法开口跟您说。"
"是吗？你看来已经知道
怎么对付妓女，叫她们不致发火？"
"大人，我不懂你的意思……"
"不懂更好。你难道对偷窃和杀人
也一无所知？难道你父亲没去逛过窑子？"
"噢，我母亲曾经说过这件事，
可这一切都算不了什么。"
"算不了什么？那好，快说，快坦白，
你究竟犯了什么罪过！
我保证为你严守秘密，
绝不将你的忏悔往外说。"
"换个人也许会听信您的诺言，大人，
可我却不是傻瓜！
你只需告诉一个小孩，尊敬的大人，
我的幸福就全部除脱。"
"执迷不悟的坏蛋！"神父大声呵斥，
"你可知道我是什么人？
可知道我能够将你强迫？
滚！让你的良心去折磨你！

你将见不到任何一个圣者！
圣母马利亚不会，马利亚的儿子也不会
原谅你的罪过！"
这一来吓得可怜的农家小伙儿
心都差一点就要破碎。
"我终于……"
"我早知道，
你终于会认识罪过。可究竟是什么？"
"是不好说出口的……"
"干吗还吞吞吐吐？"
"我承认……"
"什么？"
"一个鸟窝。可请您别问在哪里，
我担心将它失落，去年马茨那小子
就抢先给我掏走整整十个。"
"滚，你这傻瓜，一个鸟窝
哪里值得你来向我忏悔，
害我挖空心思，费尽周折。"

* * *

我知道一伙可笑的人，世人也知道他们，
好多年来他们就折磨着自己，
用自己太多的好奇心，
可到头来却什么也不曾弄清。

轻信的人们啊,别再纠缠不休,
别再钻牛角尖,一本正经。
谁无所隐秘,谁就容易守口如瓶。
饶舌的病根在于原本无所饶舌。
谁要真知道什么,就让我的寓言给他教训:
秘密往往并不能给我们揭示秘密,
到头来我们多半会说,真不值得,
害我挖空心思,费尽周折。

恩爱夫妻

克洛琳德死了；六周之后
她的丈夫也一命呜呼，
离开烦嚣的尘世，他的灵魂
踏上了通往天国的笔直道路。
"彼得先生，"他喊，"请开天门！"
"谁呀？"
"一个信奉基督的正派人。"
"怎么个正派法？我倒想听听。"
"我整夜整夜地惊恐、祈祷和战栗，
不得安眠，自从我卧床不起，
得了肺结核病。
快开天门吧！"
门马上开了。
"哈哈！原来是克洛琳德的丈夫！
我的朋友，"圣彼得说，"快快请进！
您的太太旁边还有一个座位空着哪。"
"什么？我老婆也进了天堂？怎么可能？

你们真的收容了克洛琳德吗?
那么再见!谢谢您费心劳神!
我呢,却想去别的地方栖身。"

熊

凭着粗重的吼声、笨拙的严肃和傲慢的虔诚，
熊早已平步青云，担起了所有弱小动物风纪检查官的重任，
像暴君似的为所欲为，没谁有勇气
觊觎它的位置，和它进行抗争。
终于有一天，正义感在狐狸身上苏醒，
从此这里那里也有只狐狸将风纪整顿。
如今我们发现它俩追求同样的目标，
同时却看见它们走着不同的路径。
熊只想以严刑峻法提高德行，
狐狸也惩罚，却满脸笑吟吟。
这里只一味咒骂，那里老说笑打诨；
这里只修饰外表，那里则改善内心；
这里是昏天黑地，那里却快活光明；
这里在虚与委蛇，那里在追求德行。
你深思熟虑的读者，岂不会马上问：
熊和狐狸该已成为好朋友了吧？
真这样就好啦！真这样，

道德、智慧、风纪何其有幸！
可是不，倒霉的狐狸受到熊的排挤，
它尽管用心良苦，仍被逐出了教门。
原因何在？因为狐狸竟敢把熊批评。
这次我不能多谈故事的含义；
钟已经敲五点，我得赶紧上剧院去。
朋友，别再说教！愿不愿和我同行？
"演什么？"
"《达尔丢夫》①。"
"竟要我去看这丢人的戏文？"

---

① 《达尔丢夫》系法国剧作家莫里哀的著名喜剧，同名主人公为一典型的伪君子。随着该剧的广泛流传，"达尔丢夫"成为"伪君子"的代名词。——译注

狮子和蚊子

阳光中翻飞着快活的一群,
她们中有一位年轻的英雄;
英雄带着吸吮鲜血的长剑,
刺得人红肿乃是她的光荣;
幸好啊人们还能穿上袜子,
双层袜子能抵挡她的进攻。
年轻的英雄却原是只蚊虫,
且听在下把英雄业绩赞颂。

英雄离开自己的同类,
开始她十字军的远征,
发现一头觅食归来的狮子,
精疲力竭,就要进入梦中。
"看哪,姊妹们,那里躺着头狮子,"
她蹁跹飞去,还叫声嗡嗡。
"这个暴君,瞧我现在就去惩罚他,
放他的血,叫他浑身红肿!"

英雄冲过去,勇敢地一跳,
落在兽中之王尾巴末梢。
她刺了一下就赶紧逃跑,
对自己的战绩好不骄傲。
怎么,狮子不动啦?
怎么回事?他死啦?痛快!
蚊子的长剑能制敌死命,
瞧,她不已将奇迹创造?

"如今我是森林的解放者,
嗜杀成性的狮子已被除掉。
瞧,姊妹们,连老虎也怕的兽王,
他死啦!光荣啊,我的战刀!"
姊妹们兴高采烈,欢呼雀跃,
围着自鸣得意的英雄连声赞叹:
"怎么可能?打败一头狮子!狮子!
妹妹啊,这念头怎么跑进你的头脑?"

"是的,姊妹们,必须敢作敢为!
只是这结果我自己也并未料到。
前吧!让咱们去打败更多敌人。
咱们的第一仗打得真漂亮极了!"
就在蚊子们争着谈胜利的时刻,

就在一阵接一阵的凯歌声中，
疲倦的狮子已经清醒过来，
又精神抖擞，为捕食而飞快奔跑。

耶稣受难十字架

"汉斯",神父说,"你快快去,
去邻近的城市为咱们买一个十字架,
带上马茨做伴吧,我给你钱。
可当心别让人要了高价。"

汉斯和马茨进了城,
见到一个雕刻师以为挺高明。
"先生,您可有耶稣受难十字架?
马上要过复活节,卖一个给咱行不行?"

雕刻师是一个捣蛋鬼,
喜欢嘲笑头脑简单的傻瓜,
使愚蠢的家伙更加愚蠢。
"但不知你们要的是哪样的?"
雕刻师开始打趣地问。
"喏,喏,喏,最最漂亮的,"马茨说,
"您拿出来咱们一定能看清。"

"这个我相信。不过你们是要
活的还是死的,我原本想问。"

马茨和汉斯你瞪我我瞪你,
大张着嘴巴,半天吭不了声。
"请你们快告诉我啊!
难道你们没让神父说明?"
"我的天!"汉斯说,仿佛大梦初醒,
"我的天!他什么也没讲啊。
马茨,你知道吗?""我琢磨:
你都不知道,我怎会了解详情?"
"这么说,你们又得跑一趟喽。"
"不,咱们才不干这苦差事哩,
除非有官家发出的命令。"

他俩想过来,想过去,
始终得不出个要领。
想了半天,马茨终于说:
"有了!汉斯,咱们买个活的,
岂不更好?因为,
就算不合神父之意,咱们再把它打死,
也不会比杀一头公牛更费劲。"
"是的是的",汉斯说,"正合我意,

这样办我们不必太担心。"
　　*　　*　　*
神学家先生们啊,这就是汉斯和马茨
做出的永远正确的论证。

隐　　士

一座城市附近有片林子,
人们没告诉我这座城市的名字;
林子里曾经住着一个怪人,
这个怪人是一名年轻的隐修士。
某个自作聪明的人会想:
一座城市,未曾说出名字?
那他会指哪里呢?
有了,我几乎可以断定,
他指的是那座——不,这座——无疑。
一句话,这家伙想来又想去,
还在读我的故事之前已做出结论,
这座城市肯定就是柏林。
"柏林?不错,不错,事实马上会清楚,
要知道柏林附近确实有片树林。"
这个结论非常果断,我敢担保;
不过我想,它还并非确凿无疑。

说那片林子很像在柏林,
一点不生拉活扯,牵强附会;
至于其他方面是否也像,我就留给读者你去评论。
我知道,它的希腊文称呼是:
克拉波里斯。可谁又懂得它的意思?

在那里,在克拉波里斯近郊,
曾生活着一位年轻隐士;
他栖息在密密的森林中,
小茅屋空空荡荡,徒有四壁。
但凡隐修者做过的事情,
他都热情而积极地从事。
他祈祷、赞颂、呼天喊地,
从早到晚,不分昼夜,日复一日。
他不吃肉,他不饮酒,
他以草根为他的粮食,
他的饮料汲自清清的小溪,
他即便再饿也不大喝大吃。
他鞭笞自己直至鲜血淋漓,
他知道这会使他清醒理智。
他整天整天地禁食斋戒,
并且坚持只用一条腿立地。

是啊，为了走完艰难的天国之路，
他真是拼命地折磨他自己。
有什么奇怪呢？没过多久
隐居林中的年轻圣者的名声
便哄传开来，在城里无人不知。

第一个从城里来见他，
来对年轻圣者顶礼膜拜的，
是一位上了年纪的老妪。
她扶杖而行，颤颤巍巍，
好不容易才找到圣者的隐居地。
他呢，老远已见她走来，
便跪倒在一具木制十字架下。
她走得越近，他捶自己胸脯
捶得愈加有力，还不住号啕，
就跟个圣者似的专心致志，
旁若无人，虽然早把她看在眼里。
直到最后，他腿跪软了，
假装虔诚也不再有趣，
才开始给她讲斋戒、苦刑、修炼，
讲马利亚的圣像、祭祀仪式，
讲忏悔、涂油礼、安魂弥撒，
讲掐着念珠诵经祷告，

还有立遗嘱也没忘记。
他讲得那样情词恳切，
叫老妪痛哭流涕，哀声叹息，
仿佛让他打了一顿似的。
临了，愁眉苦脸的圣者
总算勉勉强强给了她允许，
让她从他的小茅屋上
撕去一小块神圣的树皮；
老妪捧着树皮又是吻，又是舔，
把它放到干瘪的胸脯里。
带着这珍贵的圣物，
她回到家中，心满意足，
让有的虔诚女士吻一吻它，
有的却只准瞧一瞧而已。
她走东家，串西家，
大街小巷全听见她在叫：
"谁不去朝拜我们的隐士，
谁就将遭到神诅咒和抛弃！"
她列举出上百条的理由，
证明朝拜对妇女尤其有益。

一个老太太也自有其能耐，
能叫女人们哭出声，男人们笑开怀。

这句话尽管并非永远正确,
就连男人也可能有女儿态;
不过他们这一次不是这样,
只有女人们才像发痴发呆,
一心想去林中把圣人参拜。
男人们呢,倒也并不反对,
任随他们的女人去到城外。
于是丑的和美的,
老迈的和年幼的,
贫穷的和富贵的,
一句话,全城的女人都去受了感化,
个个都如愿以偿地将时光打发。

"什么话?在圣地打发时光?
真不知你为什么唱这个反调?"
要说唱反调?那可真不少!
"可他不是还讲了天国的幸福吗?"
噢,他是讲了;不过嘛,
同年老的他总讲死和万事皆空,
同贫穷的他总讲天堂其乐融融,
同丑陋的他总讲必须品行德正,
只是同年轻貌美的,他才说不完
基督徒也有的原初的冲动。

那是什么呢？谁这么问还能算基督徒？
但凡基督徒都不会不同意：
那便是可爱的爱欲。

我已说过，那隐士非常年轻。
英俊吗？谁要问英俊不英俊，
就请他自己去鉴定。
我看只要女士满意，就成。
这小子身强力壮又当青春年华，
既不胖得像酒桶一个，也不瘦成如麻秆一根——
"喏，喏，从他的饮食容易想见。"
可是还得知道，
只要得到上帝的宠爱，
石头也会开花结果，欣欣向荣，
而且这样的果实吃了不会发胖！
隐士长着黝黑的面孔，
不大不小，被浓密的胡须
包裹着，很富有男子气；
他目光放肆，却不乏柔情；
鼻梁高高，如小说中写的国君。
他纷披着蓬松的头发，
破烂的袍子半遮半掩，
使他身体的重要部分

显得越发美妙，越发迷人。
再说一说他的小腿肚吧：
它们粗壮坚硬如同石头。
据说这并非什么坏的特征；
只是理由我不打算再说明。

真的，这样一条汉子会叫女人们动心。
不是我说，确实已经出过那种事情。
"那种事情？什么？
如此说他们竟动了真格？"
我亲爱的傻瓜，这还用问？
不然他干吗来传道？
干吗大讲甜蜜的冲动的学问？
爱人者也希望被人爱，
她们的教士自然不会招来仇恨。
呵，上帝，你可必须掩盖某些罪孽！
须知此地的道德规范异常严格，
不少人都不敢去照一照镜子，
怕的是自己会被自己吓死。
于是我只好带着我的说教，
不声不响地回到自己家里。
忽然之间我却又心生一念，
要是有位出版商对我青睐，

愿意将我的故事用大开本付梓，
那我也不妨凑合凑合，
把它连同一百条我在商店看来的
英国式道德，一股脑儿吹嘘出去；
我还要用灵巧的手指查找
各种秘籍宝典、道德范例，
以及古典和现代诗人的选集，
把他们说过的和没说过的
以统一的格调抄进我书里。
我再说一遍，要是有人
愿意让我的著作问世，
我一定保持手稿的原样，
不愿意自己欺骗自己。
我会继续将故事往下讲——
事实上，我乐于承认，
我有时非常希望看见，
那厚颜无耻的隐士如何
狡猾地、一步一步地
从精神讲到肉体，
那些怀着神圣念头来朝圣的女士
一个个的模样会有多么惊异。
可我怀疑，出于羞耻
她们会满面怒容，

嘴和手会一齐表示抗议,
虽然他们平时都喜欢活动;
我相信,不一会儿
就会出现谅解和好的场面,
谁了解女士们就该不会怀疑。
须知就连雄狮也能被驯服,
何况本来就是羔羊的妇女。
"羔羊?你可真了解她们。"
不错,当她们自己往火坑里跳,
确实可以被称为一些小羊咩咩。

"你不是要继续往下讲吗?
怎么老在一个地方打转,
揪着女士们评来说去?"
噢,诗人看来也太偏重教益。
好吧,我真的继续往下讲:
话说春去秋来过了一年多,
隐士的流氓行径露了底。
"一年多以后才露底?
哈,这家伙真是好样的!
我可不相信自己有偌大能耐,
那勾当叫我干一季也不愿意。
可是,他究竟怎样露的馅?

是一位狡猾的丈夫探知了真情?
还是一个饶舌女人泄露的天机?
怎么样? 还是一个好奇的老妪
告了密,出于心中的妒忌?"
噢,不,应该朝好的方面猜,
罪责全在两个快活的少女。
她俩按捺不住内心的虔诚,
做了母亲们也做过的事情;
然而母亲们却不情愿
带着女儿们去朝拜圣人。
"她们于是发现了奥妙?"——
还把真情报告给父亲。
"女儿向父亲告了密?
她们对母亲的爱又在哪里?"
噢,爱可一点不受影响!
须知女儿如果爱母亲,
危难之时就会省下
嘴边的最后一块面包,
送给她的母亲充饥;
可是在爱情胜过理智的场合
女儿却会对母亲心生妒忌:
你们这些小美人啊,你们尽管
有孝心,却不肯亏待自己!

简单讲,事情让姑娘们闹开来:
却原来那隐士让全城的女人
成了他孩子的妈,男人成了他的舅子。

该死的流氓啊!谁能料想得到!
整座城市燃起了怒火,
丈夫们个个发誓赌咒,
要在当天夜里把他和他的姘头
以及他的安乐窝统统烧掉。
市民们已经集合好队伍,
做好了复仇雪耻的准备。
高瞻远瞩的市政府却把住城门,
封锁了出城的通道,
决心以法制代替私刑。
市里随即派出几名狱吏
去到森林里,从十字架下
抓来那流氓,严加监禁。
他的罪行实在令人发指,
人人都说该处以绞刑和磔刑。
是的,没有任何刑法
对于他来说过分严厉。
只有一个老鳏夫,一个狡猾的律师,
却说:"嗨!别处死他,

多亏了他辛勤播种,
才增加了那么多生命。"
隐士被关在牢狱中忐忑不安,彻夜难眠,
第二天被带到审判官面前。
审判官是个大恶棍,
无论整谁都十分开心,
可就相信他老婆美玉无瑕——
(人啊多么容易害妄想病!)
"她是所有虔诚女性的模范,
总共只去过一次森林,
为了将隐修的圣人参见。
就一次!哪会惹出多少麻烦?"
你就心安理得地这么想吧,
不用多久,事实、诗人
还有尊夫人都会展露笑颜。
说话间隐士已被带来。
"朋友,你最好主动招出
那些你们彼此了解的妇人;
这样做,皮肉之苦你就可幸免。
不过……"
"我全部招出来,
不愿忍受您的苦刑。
您只管记录吧,审判官先生!"

怎么？他揭露自己的相好？
一位隐士难道不能默不作声？
通常可只有纨绔子弟才爱饶舌。
审判官开始记："第一个芳名叫
卡米拉。"——"谁？卡米拉？"——
"对，一点不假！还有索菲娅、劳拉、
朵莉丝、科琳娜、克洛莉丝、安格莉卡。"
"让她们通通上绞架，
别急，一个接着一个！
须知放过一个……"
"不会有多大的损失。"
市议员们都抢着在说。
"别吵，"人们喊，"听他往下讲！"
因为每一个议员都担心，
隐士会供出自己的老婆。
"不，先生们！"审判官大声道：
"必须查个真相大白，
要不然咱们怎么好判决？"
"放掉他算啦。"众议员一起喊。
"不行，得伸张正义……"
结果，罪犯又道出了一些芳名。
这样，她们倒霉的丈夫
便一个个戴上了绿头巾。

他们总人数已超过一百,
审判官仍逼着隐士继续供认;
可他吞吞吐吐,直摇脑袋,似有隐情——
"喏,只管往下讲!怕什么?
干吗突然停下来啦?"
"已经全部讲完?"
"胡说!
你可是个好汉!快招,痛快点!
你看,你说的最后几个是
克拉拉、普谢莉亚、苏姗娜,
夏绿蒂、玛利亚娜和汉娜。
仔细想想!我给你时间!"
"就这些啦,真的!"
"嗯?
你莫非想先尝尝咱们的厉害!"
"不,再没有了,我记得清楚……"
"哈哈!我看还得给你……"
"好啦,大人——还有就是尊夫人。"

为了不使这个故事
变成女士们的丑闻,
我再添上四句诗,
说清楚其中的教训:

谁想让别人出丑,
出丑的终于是自己!
你们因此读后才有收获,
我也才坦然地讲这故事。

眼　　镜

封·克利桑特是一位老男爵,
他身为单身汉远近闻名,
不想小爱神和他开了个玩笑,
他六十岁竟突然善感多情。

邻里有一位市民的女儿,
菲奈特是姑娘的芳名,
她体态轻盈,迷人异常,
叫老少爷们望穿了眼睛。
男爵老爷也被她征服,
醒着梦里都看见她的倩影。
男爵老爷终于暗忖:
"为什么只是个影子? 是影子
只好想一想,要搂在怀中却不成!
她非做我的老婆不可,和我一同起身,
一同就寝! 笑骂的任随他笑骂,
高贵的姑妈、侄女和弟媳妇,

菲奈特是我妻子,也是诸位的——仆人!"

已这么有把握?请慢慢往下听。
男爵老爷上门去提亲,
他拉住姑娘的小手,
举止文雅,完全合乎身份。
他说:"我,封·克利桑特男爵,
选中了你,孩子,做我的夫人。
我的田产宽广又肥沃,
希望你不要自误终身。"
说完他戴上一副大大的眼镜,
开始念一张长长的清单,
表明上帝给了他多少财富,
他愿给她的聘礼何等丰盛。
将来他还要留给她六笔遗产。
老财主从头念到尾,
每念一条,都透过眼镜,
贪婪地瞅一瞅他的小美人,

"喏,孩子,你看怎样?"
说完这句话,他就不声不响,
同时慢慢摘下眼镜——
(因为他考虑,这个聪明姑娘

才不会放过眼前的机会哪；
她会忙不迭地说一声"好的"，
我也马上给她一吻，让我俩幸福无疆。
可是，激动之中容易
折断了我贵重的眼镜腿！）
眼镜于是被小心地摘下来，拿在手上。

这就给了菲奈特时间，
让她在开口之前先考虑好：
"老爷，您谈到求婚和聘礼，
啊，老爷，这通通都很美妙！
我将穿绸裹绒四处走。
嗨，走干吗？我不会再走，而是
坐着六匹马拉的车，四处巡游。
旁边还有一大群仆从，
供我差遣，将我侍候。
啊！我说过，一切都十分美好，
要是我……如果我……"
"什么如果？我倒要瞧瞧，"
说时老财主胸口一挺，
"看看什么'如果'能妨碍我！"

"如果我发誓不……"

"发誓不什么？菲奈特，

发誓不嫁人，是吗？

噢，胡思乱想，"男爵喊道，

"胡思乱想！"同时抓起眼镜，

再一次透过镜片，

将姑娘细细端详，

嘴里一个劲儿嚷着：

"发誓不嫁人！胡思乱想！

胡思乱想！"

"且慢！"菲奈特道，

"只是发誓不嫁

像老爷您这样的

总将眼镜藏在兜里的新郎！"

死的渴望

一头被捕猎激怒了的熊
追赶着一位来林中漫游的人。
它要咬死他,为着报仇雪恨。
(对漫游者来说,真可谓飞来横祸。)
报仇?有读者会说,愚蠢的畜牲,
你怎么谁是仇人也分不清!
噢,别骂我这善良的动物,
它从来没有理智,只能依靠本能。
甚至在咱们中间……我说什么来着?
不……在狗中间,也没少出这种事情。
快!漫游者,你快逃命!
他逃,熊追。他叫喊,却无处可逃。
熊紧追不舍,冲过丛莽,大声咆哮,
眼看赶上他。他只好不断变换方向,
时而右,时而前,时而左,仍然
枉费心机。为什么?因为熊并非木头,
是啊,我这个追逐故事实在不好笑!

漫游者必须当机立断，否则太糟糕。
情急中，他爬上面前的一棵树。
噢！谁也不会想，这条出路最好。
他想必惊惶失措，忘记了
熊同样是一位爬树的能手。
疯狂的畜生一看事情起了变化，
也停下来扒搔树干，咆哮怒吼。
它站直笨重的身躯，前爪搭上树杈，
动作迅速得如受惊的公猫。
尽管沉重的身体上升缓慢，
熊还是步步逼近，把人赶上了树梢。
惊恐中我们又有什么干不了？
漫游者为了摆脱他的敌人，
鼓足浑身的力气，伸出一只脚
狠狠地蹬熊脑袋。可这么蹬一蹬，
并没收到奇效。本来嘛，谁想杀熊，
哪能只是伸一伸脚？
熊被蹬得不过晃了晃身子，不但
没摔下去，反而将他的腿抓住，
用它那一双利爪。
它又是抓，又是咬，熊性大发，
恨不得将他拽下去，一口吞掉。
然而，熊拽得越凶，

漫游者把树干抱得越紧，
表现出充分的骑士风度。
当智慧和勇气救不了我们，
盲目的命运经常会将我们拯救。
发狂的大笨熊，
身躯实在太重，
压断了树枝，猛地摔到地上，
差一点将老命送。
它喘息着，悻悻地走开。
漫游者又惊，又怕，又痛。
处境仍旧十分尴尬。
他该已怀着感激，
用想得出的一切语言，
将仁慈的上帝赞颂？
才不哩！大错特错！
他以微弱而颤抖的嗓音，
诅咒亵渎上帝，要上帝还他的债。
他嘟嘟囔囔爬下树来，
泪眼汪汪，手脚流血。
疼痛诱使他渴求死亡，
已将仓惶逃命的情景忘怀。
他一会儿怪熊没把他完全撕碎，
一会儿怪自己贪生怕死实在不该。

"噢，快来吧，我渴望的死神！
快将我的生命、痛苦和困厄都拿去！
我求你了，用我最后的一口气！"
嘶！嘶！什么在响，那树丛后面？
有福了，漫游者！你将如愿以偿。
来了另一头熊，是它打扰了你。
一头熊？——别害怕！确实是。
是死神派来了它，毫无疑问。
死神？——是的，是的，刚才
渴望他恳求他的，正是你自己。
"一个讨厌的客人，刽子手！
难道对礼仪一窍不通？
可惜我双腿已没法逃走！"
漫游者吃力地站起身，
然而一步也挪不动。
突然他有了一个主意，
这主意他刚才没想起。
大约在十年前，
他听一位旅行者讲过，
只是在危难时忘记了：
熊很少吃死人。
想到这他马上扑倒在地，
尽量伸直吓得冷凉的四肢，

尽量使劲屏住呼吸,
如一具僵硬的尸体。
熊嗅了嗅他,发现毫无活气;
它不喜欢吃死人肉,
吼叫几声便怏怏离去,
全然不打扰"死者"安息。
朋友,你又希望什么?说出来吧!
你刚才渴望死,死神来了却又逃避。
起来!熊走了。看你还有什么好骂?
还是熊没咬断你的脖子和腿,
你真该对它心存感激?
亵渎神灵有啥用?难道能减轻痛苦?
你还想死吗?打心眼里渴望它吗?
太遗憾,死神刚才目睹了你的虚伪,
不然他早叫你如愿。

酷热的一天过去了,夜晚已经来临。
哦,但愿它也给这燠热的林间,
给这粗硬的野地上受熬煎的人
带来清凉和精神!
眼见着空气渐渐变凉,
天空已划过道道闪电。
"哦!"漫游者喊道,"来吧!

雷电啊，快结束我的痛苦和生命！"

雷神很快被他的祈求打动。

整个天空密布乌云，

最亮的星星也隐藏到云幕后，

电光飞快掣动，雷声此起彼伏。

高兴吧，漫游者，你死期已近！

死神就要驾着霹雳，

来将可怜无助的你攫去。

还开什么开玩笑？……朋友们，请留神，

请你们克制自己，别嘲笑垂死的人……

"唉，多么痛苦……不如快快死去！……

来吧！死神！来，干吗犹豫？

不过躺在这里我看不太安全！

我不是听人说过，

雷喜欢劈打橡树，

生活给了教训和经验。

呵，但愿有棵月桂树

能够为我提供庇护。

哎唷！腿好痛！死神啊，请将我攫去！

瞧！那里已遭雷击……不逃已来不及，

如果我不想被雷劈死，

就必须向安全地带转移！"

去！愚蠢的家伙，去寻找安全，

一会儿想死,一会儿想将死驱离!
你的优柔寡断教我认识了人类的怯懦,
我必须听他们像你一样大声哀求。
相信我吧,朋友们:只有既热爱生,
又能勇敢地死的人,才算聪明优秀!

病中的普谢妮亚

普谢妮亚病了……
"是报应吧,
谁叫她那样寻欢作乐……"
呸,你们
心怀恶意的嫉妒者,还是先听我说!
普谢妮亚病了。痛苦不时扰乱她的心,
可更糟的是她得了抑郁症,
良心永远失去了平静。
"什么?什么?普谢妮亚得了抑郁症?
你这个撒谎者,你不如干脆说她在修行。"
你们干吗又打岔?住嘴,听我讲吧!
当她疼痛难忍,大声呼唤,
她的使女就说:"让我去把神父请来,
您对他忏悔,上帝就会将你原谅;
您必须忏悔啊,如果您想上天堂。"
"好,这建议不错,"病中的美人说,
"你快去,或派人去请神父安德雷斯;

安德雷斯，记住，他一直是我的忏悔神父，
每次我和亲爱的主和好，都靠他帮助。"
于是马上派了仆人，去敲教堂的大门。
敲得门都快破了，里边才传来答应：
"慢，慢！别急，别急！你找什么人？"
"喂，先开门再说！"门终于开了。
"请安德雷斯神父快快去看我家小姐，
她想做临终忏悔，因为已快不行。"
"谁？"一位教士问，"安德雷斯？
这好人十年前已去天堂里把忏悔听！"

莫里丹

莫里丹携妻带儿乘船远航,
不期然遇上了险风恶浪。
"众神啊,请发发慈悲,
让风浪平息吧!"莫里丹高声叫嚷。
"只要这次不让我葬身水下坟场,
我对你们发誓,永远不再过海漂洋!
海神尼普顿,请听我讲!
我将非常感激你,
将献六头黑牛供你独享!"
"六头黑牛?!"蒙达尔——
他的邻居在一旁发出惊呼。
"六头黑牛?你疯了吗?
我心里可非常清楚:
命运不曾赐予你如此多财富,
可你难道以为,尼普顿会心中无数?"
人啊人,你常常总是相信,
神灵比你的邻居好对付!

核桃和猫

"是的,好客的主人,
这种水果我确实吃不惯,
坦白说,要我讲果实的好话,
我只能将核桃称赞。
那真是有味道啊!我发誓!
就算苹果再嫩,也不如它好吃。"
一只小猫——女主人的爱物,
从来没被勉强去抓老鼠,
当时它坐在她怀里,竖着耳朵,
将客人的话听得一清二楚。
"什么?"它想,"核桃味道竟如此美妙?
别急,是真是假我马上会亲口尝到。"
它从女主人怀里逃下来,
马上跑进花园。嗨,这只蠢猫,
为一只核桃竟离开美人儿的怀抱!
你要是公子哥儿,看她还爱你不爱?
你倒不如把这个位置让给我,

我一定尽情享用，不会像你不知好歹。
这个我只是顺便说说而已，
请听我继续往下讲：小猫已到花园里。
不对吗？对。在园中的第一棵
核桃树下，它已经垂涎欲滴。
诸位如果想为我这寓言画上插图，
那就请将核桃的皮画成青的。
我们的猫找着的正是这样的玩意儿，
问题全部就在这里。要知道，
它刚咬上一口就又呕又吐，
活像是吃了一口碎玻璃。
"那人称赞你，"它道，"就让他来吃吧。
呸，这家伙不知长着条什么舌头，
竟喜欢吃如此酸涩的东西！"
你给我住嘴，愚蠢的畜生！
你没有资格对核桃瞧不起。
要吃到果核，你才会明白，
人家称赞的是它，而不是皮。

附录

伟大的功绩　崇高的人格
——浅论莱辛

提起德国文学,尤其是德国古典文学,人们立刻会想到歌德、席勒乃至海涅。是他们通过自己的作品,使曾经落后而为人鄙弃的德国文学大放异彩,牢固地确立了它在世界文学之林中的地位。

可是,我们又怎能忘记那位在他们之前为德国民族文学的勃兴披荆斩棘,开辟道路的前驱者呢?戈特霍尔德·埃夫莱姆·莱辛(Gotthold Ephraim Lessing,1729—1781),就是这位伟大的前驱者。

莱辛1729年出生在德国萨克森地区一座叫卡门茨的小城,父亲是一位家境贫寒的牧师。莱辛从小勤奋好学,被教师称作"一匹需要双份饲料的马驹"。他19岁开始写作,26岁时即已出版一部对于德国文学来说具有划时代意义的悲剧:《萨拉·萨姆逊小姐》(1755)。接着,他又写成了喜剧《明娜·封·巴恩赫姆》(1767),悲剧《爱米丽雅·迦洛蒂》(1772),诗剧《智者纳坦》

（1779）和三卷寓言，以及《拉奥孔，论绘画与诗的界限》（简称《拉奥孔》，1766）、《关于当代文学的通信》（1767/1769）、《汉堡剧评》（1767/1769）和《论人类的教育》（1780）等一系列重要著作。

莱辛首先是一位剧作家和戏剧理论家。

在莱辛生活和创作的18世纪的欧洲，戏剧还被当作一种主要的文学样式和民众教育工具。然而，当时德国的戏剧，在歌特舍德等保守理论权威的倡导下，从内容到形式都对法国的新古典主义戏剧亦步亦趋，情形真是异常可怜、可悲。以适应封建专制主义的需要而产生的法国新古典主义戏剧，形式严守被曲解的"三一律"的窠臼，写的几乎全是帝王贵胄们的"伟大业绩"，本身即为对希腊罗马的古典戏剧的模仿。莱辛之前的德国戏剧作为这一模仿的再模仿，不免就"更其空洞无物，索然寡味，荒唐可笑"了（海涅语）。这样的宫廷戏剧，与新兴资产阶级的需要无疑大相径庭。

莱辛的《萨拉·萨姆逊小姐》写的是市民青年梅勒福和萨拉·萨姆逊两人的爱情悲剧。这个剧本虽然艺术上还不够成熟，却从内容到形式一反新古典主义的陈规，不但在相当程度上打破了"三一律"的框框，而且让迄今被视为缺乏崇高的思想感情因而不能当悲剧主人公的市民阶级登上舞台，充当剧中主角，从而开了德国所谓市民悲剧的先河。剧本的人物、情节、环境都来自市民的生活，因此当时就有人评论说，它的公演迎来了"德国现实主义戏剧的新纪元"。

同样是市民悲剧的《爱米丽雅·迦洛蒂》，其思想性和艺术性有了很大提高。悲剧写的是一个封建小公国的统治者使用阴谋诡计和卑劣手段，强夺正准备去与人成婚的欧托阿多上校的女儿爱米丽雅·迦洛蒂，而为了维护女儿和自己的名誉，欧托阿多手刃了亲生女儿。这出悲剧尽管与其材料来源一样仍然发生在文艺复兴时期的意大利，但它影射和鞭笞18世纪德国封建小邦腐败现实的意图却显而易见。剧中塑造了一系列个性鲜明、影响深远的典型人物，其中的欧托阿多已可算是有着强烈的阶级意识的市民的代表。《爱米丽雅·迦洛蒂》受到了歌德、弗·施雷格尔等同时代大作家的热烈称赞，在席勒的悲剧《阴谋与爱情》乃至歌德的小说《少年维特的烦恼》等后来的杰作中，都能见到它的影子。① 特别是《阴谋与爱情》，更是由莱辛开先河的德国市民悲剧最丰硕的果实。

喜剧《明娜·封·巴恩赫姆》以普鲁士与奥地利等国之间的"七年战争"（1756—1763）为背景，叙述了被解职的普鲁士军官忒尔赫姆与未婚妻明娜·封·巴恩赫姆真诚相爱的故事。它揭露和鞭笞了战争中的种种专制和残暴行径，"是对弗里德里希（亦译腓特烈，普鲁士国王）政权的一个尖锐讽刺"（梅林语）。在德国文学相对贫乏的喜剧创作之中，《明娜·封·巴恩赫姆》居于十分突出的地位。

以上三个剧本以及后文还要介绍的《智者纳坦》，都既具有民族的内容和创新的形式，也富于强烈反封建的时代精神，不但

---

① 小说主人公维特在自杀前读的就是《爱米丽雅·迦洛蒂》。

是德国启蒙文学的最重要成果,而且对后世剧作家歌德、席勒以至于克莱斯特都产生了巨大的影响。

不过,莱辛在发展德国民族文学和丰富世界文学方面的伟大贡献,更多还体现于他的戏剧理论和美学理论。

1767—1769年,莱辛结合自己在汉堡民族剧院的工作撰写了104篇剧评。这些文章后来结集出版,即成为著名的《汉堡剧评》。在《汉堡剧评》中,莱辛一方面从理论上清算法国新古典主义戏剧及其在德国的效颦者歌特舍德的主张,一方面阐明创立德国民族戏剧的条件、方法和原则,在此他特别强调了创作具有民族的内容和形式特点的剧本的必要性和重要性。与此同时,莱辛还明确提出了从现实出发来描绘现实生活,在反映现实时必须抓住事物的本质等一系列重要创作原则。对于诸如剧本的语言、人物的塑造等具体问题,莱辛也进行深入探讨,提出了不少在当时富有创新精神的意见。正是在莱辛的《汉堡剧评》推动下,德国的民族戏剧才得以发展、壮大,真正确立了自己的地位。难怪海涅说:"莱辛是文坛上的阿米尼乌斯[①],是他,把我们的戏剧从异族的统治下解放了出来。"

莱辛的美学著作《拉奥孔》,通过特洛亚祭师拉奥孔父子被海蛇缠死这同一题材在雕塑和史诗中的不同表现方法的比较,阐明了画与诗,亦即造型艺术与包括戏剧在内的文学作品,反映现

[①] 公元9年,阿米尼乌斯率日耳曼部族在条顿林中战胜了强大的罗马军团,争得了民族独立。

实的方式的根本区别，指出前者表现的只是一个"固定的瞬间"，后者则应摹写连续不断的行动。《拉奥孔》帮助清除了一些长期统治人们头脑的糊涂观念，诸如温克尔曼所谓希腊古典文艺的理想是"高贵的单纯和静穆的伟大"，以及贺拉斯所谓"诗是能言的画，画是无言的诗"，等等，为德国乃至欧洲新美学理论的发展扫清了障碍。歌德在《诗与真》里回忆《拉奥孔》对自己的影响时说："这部著作把我们从可怜的静观领域带进了思想的原野。久被曲解的'诗如画'一语突然得到了澄清，造型艺术和语言艺术的区别变得明晰了……这一美好的思想，这种种结论，犹如闪电似的照亮了我们，迄今支配着我们的那些理论都像穿旧了的衣服一样给抛弃了。"

确实是在莱辛奠定的合乎时代要求的新的理论基础上，德国文学才发展到一个高峰，迎来了以席勒、歌德为代表的光辉灿烂的古典时期。别林斯基说得好，是莱辛"完成了德国文学的转变"。

然而，我们今天敬重莱辛，还不仅仅因为他是德国和欧洲文学史上一位杰出的文学家和理论家，还不仅仅因为他的《拉奥孔》和《汉堡剧评》至今仍在世界范围内产生着影响。我们同时推崇他的伟大人格，视他为德国18世纪启蒙运动最卓越的代表，最坚定、最勇敢的反封建斗士。莱辛一生的重要作品，不论是创作还是论著，无不闪烁着启蒙思想的光芒，洋溢着反封建的批判精神。就连他创作的那些短小精悍的寓言，像《水蛇》《绵羊》《垂死的狼》等，都对专横残暴的封建统治者作了深刻的揭露和辛辣的讽刺。

文如其人。杰出的启蒙思想家和文学家莱辛，他做人的最大特点和最高的品格，就是一生热爱真理，追求真理，一生为反封建制度而坚持不懈地战斗。他曾经说过，假使上帝把真理当作礼物送给他，他也将拒不接受，而是宁肯通过自己的努力去寻找和获得真理。而且，在追求真理的过程中，他真正可以说是做到了贫贱不能移，威武不能屈。

在封建势力十分强大、资产阶级异常软弱的德国，莱辛一直处于孤立无援的地位，经济上经常极为拮据。1764年，正当他本人穷困不堪，父母又因"七年战争"影响急需他资助之际，他却毅然拒绝了柯尼斯堡大学一个待遇优厚的教授职位，原因是他不肯履行任职条件，去违心地作一篇颂扬普鲁士国王弗里德里希二世的讲演。晚年，他与汉堡正统路德派总牧师哥泽进行论战，为此写了一篇题名《箴言》的文章。他在文章中说："写吧，牧师先生，并且鼓动其他人一起写，随便你们写多少都行。我呢，也要提起笔来写。我哪怕放过你的即使一点小小的错误而不加反对，那就意味着，我已连摇动笔杆的力气都没有了。"这充满战斗豪情和大无畏精神的话，后来被马克思引用在了1843年1月13日《莱茵报》刊载的一篇文章中。

与哥泽的论战进行得十分激烈，以致布朗瑞克公爵——莱辛是他的图书管理员——出面干涉，强令禁止莱辛再写驳斥总牧师的文章，可是莱辛仍不罢休，只是改变方式，借用《十日谈》第一日第三个故事中那个著名的三指环比喻，成功写就诗剧《智者纳坦》。剧中，通过信奉不同宗教的三个主人公原为一家人这个情节，宣传各宗教及各教派之间应该相互宽容的启蒙运动主张，把对正统牧师哥泽的论争进行到底。

除去斗争的坚定性和不妥协精神，莱辛在追求真理的长途中还表现出其他许多难能可贵的品质。他从不迷信权威，无论是古罗马大诗人贺拉斯，还是他所景仰的前辈温克尔曼，以及红极一时的权威理论家歌特舍德，只要观点有错误，他都能够发现指出，勇于进行批驳。他善于独立思考，不随时俗。例如，苏格兰诗人麦克裴逊"发现"的所谓古爱尔兰诗人莪相（Ossian）的诗歌风靡一时，连赫尔德、歌德——《少年维特的烦恼》收进了"莪相之歌"——以至于拿破仑都受到迷惑和深信不疑，莱辛却独独对它的真实性提出了疑问，而"莪相之歌"后来也为事实证明确系伪作。再如，在席卷全欧的"维特热"面前，进步营垒中唯有莱辛保持了冷静的头脑，指出了《少年维特的烦恼》的缺点和可能产生的消极影响。但是，在富有独立思考精神，不随时俗，不迷信权威的同时，莱辛又虚怀若谷，欣然接受晚进的赫尔在《评林》中对其《拉奥孔》指出的正确批评。还有，他在编辑温克尔曼的书信集时，发现有一封贬低他、说他"学识浅陋"的信，却仍把它选收了进去。再如他早年受过伏尔泰的轻侮，后来却能实事求是地评论伏尔泰，给予这位法国启蒙运动的先驱充分的肯定……

莱辛伟大而崇高的人格，感动和鼓舞了无数的后继者。海涅称他是一位"完人"，说莱辛是"全部文学史里"最受他热爱的作家。车尔尼雪夫斯基在一篇关于莱辛的专论中写道："莱辛的人格是如此高贵、崇高，同时又这样和蔼、卓越，他的行动是这样无私、热情，他的影响是如此巨大，使人们越钻研他的本质，就越坚决、越无保留地敬重他，热爱他。"

> 从前你活着，我们尊敬你
> 如同一位天神，
> 如今你去了，你的精神仍支配着
> 我们的灵魂！

莱辛逝世后，席勒写了这几行诗，来赞颂和纪念这位伟人。

当然，莱辛并不真是一位"天神"，他身上同样存在着凡人的局限和弱点。这表现在他进行战斗往往单枪匹马，因此显得势单力薄；他一生经济拮据，终不免在很大程度上要受制于统治阶级，战斗力自然遭到削弱，等等。但是，这些局限和弱点，都系时代和阶级的原因造成，且与莱辛的伟大功绩和崇高人格相比，实在可以说微不足道，不影响我们对他的评价。

莱辛逝世于1781年2月15日。在他逝世两百多年后的今天，他的论著《拉奥孔》《汉堡剧评》和主要剧作以及绝大部分寓言，都已译成中文，在我国像在世界其他地方一样产生着影响。他的崇高人格和伟大精神，同样给我们以激励和鼓舞。